HEYNE<

Das Buch
Bonnie Winters Beruf ist es, die Säuberung von Mordschauplätzen zu übernehmen, nachdem die Opfer weggebracht wurden. Tag für Tag wird sie mit den abscheulichsten Verbrechen konfrontiert, deren Spuren sie mit Reinigungsenzymen und Desinfektionsmittel beseitigt.
Ihre Familie macht ihr ebenfalls das Leben schwer: Ihr Mann Duke, ein arbeitsloser Alkoholiker, terrorisiert sie. Ihr siebzehnjähriger Sohn Ray beginnt immer mehr seinem Vater zu ähneln.
Da findet Bonnie an verschiedenen Tatorten Exemplare einer ungewöhnlichen Schmetterlingslarve, die in der atztekischen Mythologie mit einem Unheil bringenden Dämon in Verbindung gebracht wird, der in die Körper seiner Opfer fährt und sie zwingt, ihre Familien zu töten.

Mit meisterlicher Präzision und Eleganz erzählt Graham Masterton vom Einbruch des Horrors in den gewöhnlichen Alltag.

»Graham Mastertons Romane sind bezaubernd, gefährlich und Furcht erregend zugleich ... aber immer unglaublich gut recherchiert.«

L'Express

Der Autor
Graham Masterton ist der Verfasser mehrerer hochgelobter Horrorromane. Er wurde für den Bram Stoker Award und den World Fantasy Award nominiert und erhielt einen Special Edgar Award der Mystery Writers of America.
Graham Masterton lebt mit seiner Frau in Irland.

Arbeitsvorbereitungen

In der Garage suchte Bonnie die Sprays zusammen, die sie an diesem Tag für die Arbeit brauchte. Die Reinigungsmittel standen ordentlich aufgereiht auf einem Regal an der linken Wand der Garage: die Bleichmittel und Laugen ganz oben. Zur Sicherheit. In einen blauen Milchkasten stellte sie:

- den Fantastik-Universaloberflächenreiniger,
- den Resolve-Teppichfleckenentferner,
- das Woolite-Polster-Shampoo,
- Windex-Glasreiniger,
- Lysol-Desinfektionsmittel,
- den Glade-Geruchsneutralisierer (parfümfrei)

Sie sang vor sich hin: »Love, ageless and evergreen ... seldom seen ... by two.«

An der Rückwand der Garage standen die Waschmaschine, der Trockner und alle ihre Gerätschaften. Die Besen und Bürsten, die Schrubber und Polierer. Die rechte Seite der Garage gehörte Duke. Auch die rechte Seite ihres Bettes gehörte Duke. An der rechten Seite der Garage stand seine aufgebockte Honda ohne Hinterrad. Im Regal an der Wand standen und lagen ungezählte Dosen mit Motoröl, leere Marmeladengläser mit Schrauben und Muttern, halb leere Bierdosen, Werkzeug und fettige Reparaturanweisungen mit schwarzen Fingerabdrücken darauf. An der Wand hing ein Playboy-Playmate-Kalender von 1997, dessen Seiten sich wellten. Weiter als bis zur Miss Februar war Duke nicht gekommen. Donnerstag, der fünfzehnte, war dick mit rotem Stift eingekreist.

Diesen Tag würde Bonnie nie vergessen. Es war der Tag, an dem Duke gefeuert worden war.

Das Haus der Familie Glass

Sie erreichte das Haus der Familie Glass über zwanzig Minuten zu spät um elf Uhr zweiundvierzig. Der Verkehr auf dem Santa Monica Freeway hatte sie aufgehalten. Sie stellte ihren großen alten Dodge-Pick-up direkt vor das Haus und stieg aus.

Der Versicherungsmensch wartete schon auf sie. Er saß in seinem Wagen. Der Motor lief, damit die Klimaanlage funktionierte. Bevor er ausstieg, setzte er sich die Sonnenbrille auf. Er war jung und dürr, aus seinem kurzärmeligen weißen Hemd staken Arme so weiß wie Hühnerbeine.

»Mrs Winter? Ich bin Dwight Frears von der Western Domestic.«

»Freut mich«, sagte Bonnie. »Tut mir Leid, dass Sie warten mussten.«

»Ach, wissen Sie, Ma'am«, sagte er grinsend, »warten ist sozusagen integraler Bestandteil meiner Arbeit.«

Es war ein sehr heißer Morgen, das Thermometer kratzte an der Vierzig-Grad-Marke. Der Smog färbte den Himmel bronzefarben.

Bonnie lief über den Rasen des Vorgartens auf das Haus der Familie Glass zu, blieb davor stehen und stemmte die Hände in die Hüften. Dwight Frears folgte ihr und blieb neben ihr stehen. Er flitschte unablässig die Mine eines Kugelschreibers.

»Laut Sheriff Kellett ist das erst letzte Woche passiert«, sagte Bonnie.

»Ja, Ma'am.« Dwight Frears schaute in die Papiere auf seinem Klemmbrett. »Am achten Juli, um genau zu sein.«

Bonnie schützte ihre Augen mit der Hand gegen die grelle Sonne. In diesem Teil von San Bernadino gab es Hunderte solcher Häuser. Alle sahen gleich aus. Schindeldach, Veranda im Hazienda-Stil, Garage mit Basketballkorb. Doch im Unterschied zu anderen Häusern dieser Art sah dieses ziemlich heruntergekommen aus. Die Klimaanlage an der Außenwand war verrostet, das Gitter der Fliegentür hatte Löcher, die hellgrüne Farbe blätterte großflächig ab.

Bonnie näherte sich den Fenstern zur Straße und versuchte durch die Lamellen der schmierigen Jalousien ins Innere zu sehen. Sie erkannte eine verschlissene weiße Vinylcouch und ihr eigenes Spiegelbild in der Scheibe: eine rotblonde, robust gebaute 34-Jährige mit schwarzem Elvis-T-Shirt und weißer Stretch-Jeans.

Dwight schaute wieder auf sein Klemmbrett. »Also, im Bericht des Gerichtsmediziners steht, dass die Kinder im hinteren Schlafzimmer gefunden wurden. Eines auf dem Bett und eines auf dem Ausziehsofa.«

Bonnie hob eine provisorische Wäscheleine hoch, duckte sich darunter weg und begann, um das Haus herumzugehen. Auf der Rückseite lag ein kleiner Garten mit Schaukel und Klettergerüst, zwei Liegestühlen und einem verkrusteten Grill. Ein Dreirad lag umgekippt auf der Seite.

Vom Garten konnte sie in die Küche sehen. Bis auf die Fliegen, die überall herumkrabbelten, sah sie aus wie jede andere Küche. Das Fenster des hinteren Schlafzimmers sah aus, als sei es von einem schimmernden schwarzen Vorhang bedeckt. Gerade wollte Dwight etwas sagen, als ihm offenbar klar wurde, was er da sah. Erschrocken sah er Bonnie an.

Die ging nun wieder um das Haus herum zum Eingang. »Also, mal sehen ... das hintere Schlafzimmer macht sicher am meisten Arbeit. Ich rechne mit mindestens sechs Stunden plus die anderen Zimmer, das macht dann zwölfhundert plus Material plus Entsorgung, sagen wir ungefähr fünfzehnhundert.«

Für einen Moment sah es so aus, als bekäme Dwight keine Luft mehr. »Fünfzehn ... Klingt vernünftig.«

Im Wagen füllten sie die Versicherungsformulare aus. Gerade als sie fertig waren, hielt ein verblichener blauer Datsun mit brauner Tür neben ihnen. Eine Frau stieg aus und klopfte an das Fenster der Beifahrertür. Sie war klein und vogelartig, hatte eine große Nase und hochgesteckte Haare.

»Hi Bonnie. Entschuldige die Verspätung.«

»Hi Ruth. Das hier ist Dwight.«

»Hi Dwight.«

Dwight setzte seine Unterschrift unter den Kostenvoranschlag und zahlte gleich in bar.

Nachdem Dwight gefahren war, gingen Bonnie und Ruth zum Pick-up. Er hatte Gallonen-Kanister mit Desinfektionsmitteln, grüne Plastikplane, Industrieabfallsäcke, Insektizide und Container mit Laugen und Lösungsmitteln geladen.

Während Ruth in ihren grellgelben Plastik-Schutzanzug stieg, fragte sie: »Und? Hast du mit Duke geredet?«

»So ähnlich. Aber ob's was genützt hat? Duke ist in letzter Zeit so seltsam. Als ob irgendwelche Körperfresser von ihm Besitz ergriffen hätten. Wenn ich nicht genau wüsste, was für ein träger Sack er ist, würde ich denken, er hat eine andere.«

Auch Bonnie schlüpfte in ihren Schutzanzug. Im besten Falle war er klebrig, aber in der Hitze dieses Tages hatte man darin schon Schweißausbrüche, wenn man nur den Reißverschluss zuzog. Um besser in die Gummistiefel zu kommen, setzte sie sich auf die Stoßstange.

»Weißt du, was hier passiert ist?«, fragte Ruth.

»So ungefähr. Jack Kellett sagt, sie hätten sich über das Sorgerecht gestritten, und die Frau wollte um jeden Preis verhindern, dass der Mann die Kinder bekommt. Tja, und danach haben die Nachbarn irgendwann den Geruch gemeldet und man fand die toten Kinder.

Sie reichte Ruth den Mundschutz und setzte sich dann ihren auf. Mit einem Insektizid-Kanister und Müllsäcken bewaffnet schritten sie auf das Haus zu.

Bis kurz zuvor hatte die Straße verlassen gewirkt, doch nun begann der Nachbar gegenüber sein Auto zu waschen und ein anderes Ehepaar trat vor sein Haus, um übertrieben aufmerksam den Rasensprenger zu überwachen. Drei Teenager mit Skateboards tauchten plötzlich auf und zogen immer engere Kreise um das Haus.

Bonnies Schenkel rieben mit einem quietschenden Geräusch aneinander, ihr Atem unter der Maske hörte sich an, als wäre ihr ein Asthmatiker auf den Fersen.

An der Tür blieb sie stehen und zückte den Schlüssel, den ihr die Immobilienfirma ausgehändigt hatte. Der Messingknauf hatte die Form eines Käfers. Sie öffnete die Tür, und sie traten ein.

Es war ein schäbiges, gewöhnliches kleines Haus. Schmaler Korridor mit einer Tür zur Linken, die ins Wohnzimmer führte, und einer Tür zur Rechten, hinter der das Schlafzimmer lag. Die Küchentür am Ende des Korridors stand einen Spalt offen.

Im Haus waren Schwärme von Fliegen. Sie waren einfach überall: auf den Wänden, den Möbeln, den Fenstern. Bonnie stieß Ruth an und staubsaugte pantomimisch. Ruth hob einen Daumen und machte sich auf die Suche nach der Besenkammer.

In der Diele hing ein Gipsjesus an einem Holzkreuz, auf dem stand: »Gott segne meine Kinder«. Bonnie betrat das Wohnzimmer mit der weißen Kunstledercouch und dem Fernseher von der Größe einer Garage. Trotz ihrer Atemmaske merkte Bonnie, dass der Geruch hier am intensivsten war. Bevor sie mit dieser Art Arbeit angefangen hatte, war ihr nie klar gewesen, wie streng menschliche Körper nach ihrem Ableben riechen konnten. Sogar simples getrocknetes Blut verbreitete den Gestank von verdorbenem Hühnchen.

Nachts lag sie manchmal wach und fragte sich, wie die Menschen sich trotz ihrer Vergänglichkeit lieben konnten. Wussten sie, wie ihr Inneres wirklich aussah?

Sie stand auf dem plüschig-beigen Teppich im Wohnzimmer. Braune Fußspuren führten quer darüber, als habe jemand Instruktionen für einen Tanzkurs geben wollen. Auf dem Weg zur Küche verjagte sie fuchtelnd

Fliegen vor ihrem Gesicht. Auf dem Abtropfgitter fürs Geschirr lag ein schleimiger gelber Klumpen, der einmal ein Eisbergsalat gewesen war. Das Messer, mit dem er geschnitten werden sollte, lag bereit daneben.

Auf dem Boden des hinteren Schlafzimmers lag das Spielzeug der Kinder. Ein Telefon von Fisher-Price mit Schnur zum Hinterherziehen. Ein hellblauer Laster war mit Bauklötzen beladen.

An der Wand stand ein einzelnes Bett, im rechten Winkel dazu ein Schlafsofa. Das Fenster wurde durch so viele Fliegen verdunkelt, dass Bonnie das Deckenlicht anschalten musste, um etwas zu sehen. Die glänzenden braunen Flecken auf Bett und Sofa sahen aus wie poliertes Holz.

Bonnie nahm sich einen der Müllsäcke. Sie streckte sich und zog die Vorhänge herunter, die sie zusammen mit einem Haufen glänzender Fliegen in den Sack stopfte. Ruth kam mit dem Staubsauger herein. Sie fand eine Steckdose und begann, die Fliegen am Bettsofa einzusaugen. Sie wirkte so nüchtern, als mache sie nur den üblichen Hausputz.

Sie rissen alle Vorhänge und Jalousien herunter. »Kann ich das behalten?«, fragte Ruth. Auf dem Arm hatte sie einen Vorhang aus Goldvelour.

»Von mir aus. Den Rest bringe ich auf den Müll.«

Gemeinsam trugen sie die Betten zu Bonnies Pick-up und legten sie wie ein Sandwich mit den fleckigen Seiten aufeinander, damit die Nachbarn nichts sehen konnten. Sie rissen die Teppichböden von den Dielen und rollten sie zusammen.

Der Teppich im Kinderzimmer sah am schlimmsten aus. Bonnie begann mit dem Abreißen in einer Ecke des Zimmers und sah gleich die Maden darunter. Ruth kehrte sie mit Schaufel und Besen auf.

Bücher, Kontoauszüge, Familienbilder, Zeitungen, Kleidung, Geburtstagskarten, die Wachsmalstiftzeichnung von zwei Jungen unter einer stacheligen gelben Sonne mit den Worten »für die libe mami«: alles landete in Müllsäcken. Nur gut, dachte Bonnie, dass diesmal keine trauernden Verwandten bei der Arbeit im Weg standen. Die Spuren eines Gewaltverbrechens zu beseitigen war schwer genug, da musste man nicht auch noch ständig gefragt werden, wie Gott das zulassen konnte.

Ruth kam mit einer Spritze in der Hand aus dem Bad ins Kinderzimmer. Bonnie nahm den Mundschutz ab und hielt Ruth den Müllsack auf. »Schmeiß sie einfach hier rein. Ich sage Dan dann Bescheid.«

Auch Ruth lüftete die Maske. »War zwischen der Schmutzwäsche. Wer weiß, vielleicht ist es wichtig.«

Bonnie antwortete nicht. Beim Aufräumen fand sie hin und wieder Beweismittel, die von der Polizei übersehen worden waren, aber sie hatte trotzdem keinen kriminalistischen Ehrgeiz. Sie war Putzfrau, keine Polizistin. Als Putzfrau gab man besser nicht damit an, mehr zu wissen, als man wissen sollte. Zweimal war sie schon von ihren Auftraggebern bedroht worden. Als sie in einem Kamin angekokelte Briefe fand. Und als sie bei der Arbeit in einem Haus in Topanga Canyon das Telefon abnahm und eine panische Stimme »Ist sie schon tot?« sagen hörte.

Zweieinhalb Stunden später hatten sie das Gröbste geschafft. Sie machten im Garten vor dem Haus eine Pause und tranken starken Kaffee aus Ruths Thermoskanne. Inzwischen tarnten die Nachbarn ihre Neugierde nicht mehr mit Heckenschneiden oder Rasensprengen. Sie starrten unverhohlen zu Bonnie und Ruth herüber, aber keiner traute sich, näher zu kommen.

Ruth deutete auf die Betten, Vorhänge und Teppiche auf dem Pick-up. »Wo bringst du das Zeug hin?«

»Ich bring's zur Riverside. Ist schließlich kein Sondermüll.«

»Ich dachte, die mögen da keine Maden und so.«

»Maden mag ich auch nicht. Ich werde mein schönstes Lächeln für Mr Hatzopolous aufsetzen.«

Nachdem sie den Rest ihres Kaffees in den Rinnstein geschüttet hatte, ging sie zurück ins Haus. Sie musste sich noch um das Schlafzimmer kümmern.

Auf einem schmalen Schminktisch in der Ecke standen Cremetuben, Schminktöpfchen, Parfümflaschen und eine Primaballerina aus Porzellan, der ein Fuß fehlte. In der Mitte des Schminktisches stand einer dieser Totenköpfe aus Zucker, mit denen man in Mexiko den Tag der Toten begeht. Jemand hatte ein Stück aus dem Schädel herausgebissen.

Bonnie packte einen Zipfel der zerwühlten Tagesdecke und zog sie herunter. Nachdem sie sie in einen Müllsack gestopft hatte, langte sie nach den Kissen. Etwas Schwarzes hing an einem Zipfel. Das sah sie zuerst. Dann noch eins. Und noch eins. Angewidert schüttelte sie das Kissen und sieben weitere schwarze Dinger fielen aufs Bett. Die kleinen, harten schwarzen Körper glänzten, sie hatten spitze Enden wie Muscheln. Bei näherer Betrachtung waren sie eher dunkelbraun als schwarz und dabei fast durchscheinend. Man glaubte ihren Kern zu sehen. Erst als sie einen der Körper aufhob, sah sie, dass es sich um den Kokon eines Falters handelte. Eine Art Schmetterling oder Motte, jedenfalls ein Insekt.

Dass so etwas an diesem Ort auftauchte, musste am Wetter liegen. Erst eine Woche zuvor hatte sie in einem Apartment in der Franklin Avenue einen ganzen Haufen riesiger Schmeißfliegenlarven gefunden. Noch nie hatte sie so große Larven gesehen. Ruth hatte damals an ein Omen geglaubt. Wofür wusste sie allerdings nicht. Für jemanden, der seinen Lebensunterhalt damit verdiente, das Blut von Selbstmördern von Polstern zu schrubben, war sie ziemlich abergläubisch.

Die nötigen Zutaten

Das Kochbuch, das Bonnie zur Hand nahm, war ein Geschenk ihrer Mutter zur Hochzeit gewesen. »Die gute Küche für junge Bräute« von Hannah Mathias. Der Umschlag war zerissen. Das Buch fiel immer an derselben Stelle auf: bei »Fleischklops«. Dukes Lieblingsessen. Diesmal blätterte sie weiter zu den »Geflügelgerichten«. Da stand ein Rezept, mit dem sie sich schon am Wochenende beschäftigt hatte:

1 zartes Hühnchen, achteln
2 Knoblauchzehen
1 Grüne Paprikaschote
¼ Teelöffel Nelken
2 Teelöffel Chilipulver
½ Pfund gehackte Tomaten
150 Gramm Rosinen
4 Esslöffel Dry Sherry
150 Gramm gehackte Grüne Oliven

Bonnie setzte ihre Lesebrille auf und beugte sich mit konzentriertem Gesichtsausdruck über das Kochbuch.

Das Haus der Familie Winter

»Wie nennst du das hier?«, fragte Duke und balancierte misstrauisch ein Stück Hühnchen auf der Gabelspitze.

»Hühnchen mexikanisch«, sagte Bonnie, ohne Duke anzusehen.

Duke ließ seine Gabel auf den Teller fallen. Schweigend und durchdringend sah er Bonnie gute zehn Sekunden lang an. »Darf ich dich mal was fragen, Bonnie«, sagte er dann. »Sehe ich für dich aus wie ein Mexikaner? Ich meine, ist irgendetwas an mir mexikanisch?«

Bonnie starrte stumm in ihren Teller und aß weiter. Zwischen ihr und Duke saß ihr Sohn Ray. Wie um aus der Schussbahn zu gehen, rückte er ein Stück vom Tisch ab.

»Also entschuldige Mal«, bohrte Duke weiter, »hast du mich in letzter Zeit mal mit Sombrero gesehen?«

»Nein Duke. Ich habe dich in letzter Zeit nicht mit Sombrero gesehen.«

»Ich meine, ich hab schließlich keinen schwarzen Schnurrbart, ich trag keinen Poncho und sag auch nicht ständig *arriba, arriba*, oder so. Stimmt's?«

»Stimmt, Duke.«

»Also sehe ich nicht wie ein Mexikaner aus.«

»Nein.« Ihre Kehle war so zugeschnürt, dass sie kaum schlucken konnte. Sie wusste genau, was er als Nächstes sagen würde, und sie wusste auch, wohin das führen würde. Aber sie wusste nicht, wie sie es hätte verhindern können.

»Okay, verstanden. Du findest also nicht, dass ich wie ein Mexikaner aussehe. Und warum kriege ich dann mexikanisches Essen vorgesetzt?«

Bonnie hob den Kopf und sah ihn an. »Du magst doch auch italienisch, obwohl wir keine Gondel in der Auffahrt stehen haben.«

Er starrte sie mit gespielt übertriebener Ungläubigkeit an. »Das ist ein Witz, oder? Du versuchst, komisch zu sein. Mein Urgroßvater war Italiener. Italienisch essen liegt mir im Blut.«

»Du isst auch Ente süß-sauer. Und erzähl mir nicht, du hättest chinesische Vorfahren.«

»Warum musst du ständig so schnippisch sein? Warum kannst du nicht einmal eine einfache Frage einfach beantworten? Nur ein einziges Mal! Gondeln in der Auffahrt? Was soll das? Ich habe nur gefragt, was du da gekocht hast, und du hast gesagt, was Mexikanisches, und ich habe gesagt, ich bin kein Mexikaner und sehe auch nicht wie einer aus und dass ich mich deshalb frage, ob du das gekocht hast, um mich zu ärgern, oder was?«

»Mir schmeckt's«, murmelte Ray.

Duke hob beschwörend die Arme gen Himmel. »Na ist das nicht toll? Dir schmeckt's! Du bist ein echter Gourmet, was? Und du stellst dich immer auf die Seite deiner Mutter. Das, was du da isst, ist eine Beleidigung.

Eine Beleidigung für mich. Gib's ruhig zu. Du würdest dir lieber den Magen verderben, als deinem Vater zuzustimmen. Ersticken sollt ihr an dem Zeug, alle beide.«

Er warf seine Serviette auf den Tisch, schob seinen Stuhl heftig zurück und stürmte aus der Küche. Die Schwingtür schnarrte zweimal hin und her und beruhigte sich dann. Bonnie saß bewegungslos über ihren Teller gebeugt, die Gabel verkrampft erhoben. Die Deckenlampe leuchtete die Szene aus wie auf einer Bühne. Ray aß weiter, dann ließ auch er das Besteck sinken.

»Hat es dir wirklich geschmeckt?«, fragte Bonnie.

»Hey, ich fand's super.« Sie sah die herausgepickten Rosinen an seinem Tellerrand liegen.

Sie räumten gemeinsam die Küche auf und kratzten die Überreste in den Mülleimer. Auch die große Portion, die noch im Topf war. Sie spülte schweigend das Geschirr. Ray stand blinzelnd neben ihr mit einem Geschirrtuch in der Hand. Er war lang und schlaksig und hatte knochige Schultern. Seine Haare sahen immer so aus, als wäre er gerade erst aus dem Bett gekommen. Er war so alt, wie Bonnie es gewesen war, als sie ihn zur Welt gebracht hatte: siebzehn. War sie wirklich so jung gewesen, fragte sie sich. Unvorstellbar.

Ray trug an diesem Abend sein Lieblings-T-Shirt, auf dem »Gerichtsmedizin« stand. Duke konnte das T-Shirt nicht ausstehen, zumindest sagte er das. »Ich kann das nicht ausstehen. Was sollen die Leute denken? Dass du krank bist, oder was?«

Bonnie räumte das saubere Geschirr zurück in die Schränke. »Vielleicht liegt es an mir, dass dein Vater zur Zeit so empfindlich ist.«

»An dir? Du hast doch nichts gemacht.«

»Ich mache eben zu viel. Ich hab das Reinigungsunternehmen aufgezogen und bin nebenbei immer noch bei Glamorex angestellt. Kein Wunder, dass dein Vater sich ein bisschen nutzlos vorkommt.«

»Wenn er wollte, würde er auch Arbeit finden. Aber er versucht's ja nicht mal. Sitzt den ganzen Tag nur auf seinem Hintern vor dem Fernseher.«

»Ach, Ray. Er ist schon seit über einem Jahr arbeitslos. Er ist nicht unbedingt faul – er ist irgendwie aus dem Arbeitskreislauf raus.«

»Noch lange kein Grund, seinen Frust bei dir abzulassen.«

»Ich bin schon groß, Ray, ich halte das aus.«

Ray trat auf sie zu, umarmte sie fest und drückte sein Gesicht an ihre Schulter. Es kam völlig unerwartet für Bonnie.

»Was?«, fragte sie.

»Nichts. Ich wünschte mir nur, ihr würdet euch wieder vertragen.«

Sie begann, ihm über die stacheligen Haare zu streicheln. »Wir vertragen uns bestimmt wieder. Versprochen. Es ist eben alles im Moment nicht einfach. Für niemanden ist es einfach.«

»Aber ihr streitet euch jeden Tag. Je-den Tag!«

Mit einem Schnalzen riss Bonnie sich die gelben Gummihandschuhe von den Händen. »Ach, vergiss es einfach. Willst du auch einen Tee?«

Ray hob den Kopf und sah sie an. »Darf ich dich mal was Persönliches fragen?«

Lächelnd legte sie ihm beide Hände auf die Schultern. »Ich bin deine Mutter. Du kannst mich alles fragen.«

»Magst ... na ja, liebst du Dad eigentlich noch?«

Sie sah ihm in die Augen. Er hatte dieselbe Augenfarbe wie sie, dachte Bonnie. Verwaschenes Blau, in einer Familienbibel gepresste, vergessene Kornblumen.

»Das ist eine wirklich schwierige Frage«, sagte sie. »Und ich kann nur sagen, dass es darauf viele verschiedene Antworten gibt, die nicht einmal ich kenne.«

»War mir klar, dass du um den heißen Brei rumreden würdest.«

»Ach ja? Immerhin musstest du ihn nicht essen.«

Um zwei Uhr vierunddreißig am Morgen platzte er ins Schlafzimmer und stank nach Bier und Zigaretten. Er tigerte von einer Zimmerecke in die andere, während sie so tat, als würde sie schlafen. Sie hörte seine Schuhe auf den Boden fallen, dann verhedderten sich seine Beine wohl in der Hose, denn er fiel mit einem Ächzen der Länge nach neben ihr aufs Bett.

»Bonnie«, stöhnte er. Sein Mundgeruch war so stark, dass sie sich abwenden musste. »Bonnie, hör mal. Ich liebe dich. Du hast keine Ahnung, wie sehr ich dich liebe. Du hast nicht die leiseste Ahnung ... ach Scheiße!«, sagte er, weil er die Hosen nicht von den Beinen schütteln konnte.

»Ja, ich weiß, wir streiten uns ständig – ich weiß das, Süße. Aber das ist nicht immer meine Schuld. Manchmal ist es – ist es auch deine. Du arbeitest den ganzen Tag und die ganze Nacht und du siehst mich überhaupt nicht mehr an, du siehst mich nicht mehr an und sagst: ›Das ist mein Mann‹. Verstehst du, Süße. Ein Mann braucht dieses Gefühl, dieses ... Vertrauen. Und ein Mann braucht Respekt. Und was ist mit mir?

Ich sag dir, was mit mir ist. Ich verlier meinen Job und werde von irgendeinem Mexikaner ersetzt. Und meine Frau, meine seit über siebzehn Jahren innigst geliebte Frau, meine Süße, meine Prinzessin – sie hat nichts Besseres zu tun, als Salz in meine offenen Wunden zu streuen. Darum geht's. Sie streut Salz in meine Wunden. Sie schneidet mir die Eier ab und serviert sie zum Abendessen als *cojones!*«

Er ballte die Fäuste und schlug auf das Kissen ein. Aus seinem verzerrten Mund flogen Speichelfetzen und Bonnie zog sich die Decke über den Kopf, um ihr Gesicht zu schützen. Angst hatte sie nicht. Sie wollte nur schlafen, und er sollte endlich aufhören zu schreien.

»Hühnchen mexikanisch, um Gottes willen! Hühnchen mexikanisch. Verdammt, du musst einfach noch ein paarmal in der Wunde bohren, was? Wie es mir dabei geht, ist dir doch ... Ich mach doch schon genug durch!«

Bonnie drehte sich um und umarmte ihn. »Duke, du hast zu viel getrunken. Du solltest jetzt schlafen.«

»Betrunken, sagst du? Ich bin nicht mal beschwipst. Ich bin ... ich bin ... verletzt.«

Bonnie streichelte beruhigend seinen Nacken. »Verletzt«, sagte er ins Kissen, und das Leid in seiner Stimme wuchs noch. »Ich bin verletzt.«

Selbst im Dunkeln erkannte sie in ihm immer noch den Mann, der er bei ihrem ersten Rendezvous gewesen war. Schmal, fast weiblich, mit Schmalzlocke und dieser unglaublich coolen Art sich zu bewegen und zu sprechen. Damals war er witzig und schlagfertig gewesen, zog immer die Aufmerksamkeit auf sich.

Er konnte zwanzig Rauchringe hintereinander blasen. Seine Freunde nannten ihn nur *den Duke* und bei allen Gelegenheiten verbeugten sie sich in spöttischer Unterwürfigkeit. Aber auch *der Duke* wurde irgendwann älter, beendete die Schule und ging auf Arbeitssuche. Und es kam der Moment, in dem *der Duke* merkte, dass Rauchringe blasen keine abgeschlossene Berufsausbildung ersetzen konnte. Schließlich verlegte er Kabel in einer Autowerkstatt. Es war der beste Job, den er kriegen konnte. Als er um fünfzig Cent pro Stunde mehr bat, wurde er gefeuert und man stellte einen Elektriker aus Mexiko ein, der für zwei Dollar weniger die Stunde arbeitete.

Er hob den Kopf. Sein tränenüberströmtes Gesicht glänzte im blassen Licht des Radioweckers. »Du bleibst doch bei mir, Bonnie, bitte? Du liebst mich doch, Bonnie?«

»Beruhige dich und versuch zu schlafen. Ich muss um sechs raus.«

»Hast du einen anderen, Bonnie? Ralph Kosherick starrt dich an, ich weiß es. Dem fallen fast die Augen aus dem Kopf, verdammt, der sabbert schon, wenn er dich sieht. Aber du lässt dich nicht von ihm ficken, Bonnie, oder? Bitte sag mir, dass du dich nicht von ihm ficken lässt!«

»Oh Gott, Duke, hör bitte auf damit.«

Sie schloss die Augen und versuchte an etwas anderes zu denken. Wenn Duke zu viel getrunken hatte, schoss er sich jedes Mal auf Ralph ein. Zugegeben, Ralph war smart und vorzeigbar und auf brüderliche Art attraktiv, aber Duke schien in Ralph noch etwas anderes zu sehen, etwas, das er abgrundtief hasste: Bildung, Werte und Hosen, die mit dem Saum gerade so den Spann berührten.

»Ich schwör dir, Bonnie, wenn ich den Kerl dabei erwischen würde, wäre er ein toter Mann.«

»Du bist betrunken, Duke.«

Er schoss in die Höhe. »Betrunken?«, schrie er. »Betrunken?« Er packte ein Kissen und warf es quer durch den Raum. »Ich bin dein Mann, verdammt, ich versuche dir meinen Schmerz zu erklären, und da sagst du mir, ich bin betrunken? Na, *entschuldige* Mal! Vielleicht sollte ich in dem Fall gar nicht mit dir reden, sondern gleich das machen, was Ralph Kosherick immer mit dir macht?«

»Duke, Liebling, hör jetzt bitte auf zu schreien. Ich muss morgen früh raus und Ray hat Schule.«

»Da scheiß ich drauf!«, kreischte Duke. »Ich muss überhaupt nicht raus. Ich könnte den ganzen Tag im Bett bleiben und es wär völlig egal!«

»Duke ...«

Ansatzlos riss er die Decke zurück, warf sich auf sie, zerrte ihr Nachthemd hoch und entblößte ihren runden Bauch und ihre schweren Brüste. »Duke, nein ...«, sagte sie und versuchte, ihr Nachthemd festzuhalten, aber Duke drängte sich schon mit Gewalt zwischen ihre Beine.

»Du und dieser verdammte Ralph Kosherick. Du und dieser verdammte ... Ralph ... Kosherick!«

Zwischen ihren Beine fühlte er sich so weich an wie eine kleine Maus. Er wollte mit den Händen nachhelfen, sich in sie schieben, aber er brachte es nicht fertig. Er stieß mit seinen Hüften, ächzte und stöhnte. Bonnie lag nur geduldig da und wartete darauf, dass er aufgab.

Es dauerte nicht lange. Er brach über ihr zusammen und schluchzte in ihr Ohr. Sein unrasiertes Kinn kratzte sie am Hals, seine Tränen machten ihre Schulter nass.

Sie gab ihm kleine, trockene Küsse und streichelte seine Tolle. Sein Haar war so viel dünner geworden.

Am Mittwoch zu erledigen

Als Ray zwölf gewesen war, hatte er Bonnie ein kleines Ninja-Turtles-Notizbuch geschenkt. Seither hatte Bonnie es immer in ihrer Handtasche. Das Buch hatte nur noch ein paar leere Seiten, bald würde sie Ray sagen, dass sie ein neues brauchte. Mit ihrem roten Tintenschreiber machte sie eine Liste der Dinge, die an diesem Tag erledigt werden mussten.

- Wäsche aus der Reinigung holen
- Ralph an die »Feuchte Augen«-Promotion erinnern
- Susan um 13.30 Uhr zum Mittagessen treffen
- Neue Reifen abholen
- Schweinekoteletts, Eis und Klopapier kaufen
- Mike Paretti wegen Insektiziden anrufen

Sie hatte von Pfizer erfahren, dass es ein neues, wirkungsvolles Mittel gegen Würmer gab, und sie wollte Mike fragen, ob er es schon ausprobiert hatte. Bonnie ekelte sich einerseits vor Maden und Schmeißfliegen und ähnlichen Parasiten, fand sie aber andererseits auch faszinierend. Ein Pathologe mit entomologischem Expertenwissen konnte anhand der im Körper eines Toten gefundenen Parasiten den Todeszeitpunkt, die

Todesursache und häufig sogar den Tatort feststellen. Und noch etwas faszinierte Bonnie an Parasiten: die absolute Gleichgültigkeit gegenüber menschlicher Schönheit und menschlichem Leid. Sie interessierten sich für nichts außer ihren Appetit.

Tagesschicht

Ray kam in die Küche und gähnte. Er hatte eine Frisur wie Stan Laurel. Für gut eine halbe Minute starrte er in den geöffneten Kühlschrank. Dann schloss er ihn wieder.

Bonnie hatte ihre Liste abgeschlossen, faltete sie zusammen und schob sie in ihre Aktentasche. »Du bist früh dran.«

»Mmmmh. Muss noch Mathe machen.«

»Dein Vater hat dich heute Nacht aber nicht geweckt, oder?«

»Mich und halb Los Angeles.«

Er nahm das Brot aus dem Korb, schnitt sich drei Scheiben ab und bestrich sie dick mit Erdnussbutter. Dann schnitt er zwei Bananen klein, verteilte sie auf den Broten, legte die Brote zusammen und hockte sich vor den Fernseher. Jeden Morgen aß er das Gleiche. In irgendeinem Männer-Gesundheitsmagazin hatte er gelesen, dass Erdnussbutter und Bananen den Muskelaufbau förderten.

Die Küche war hellgelb gestrichen und hatte hellgelbe Vorhänge. In den Sechzigern hätte man Cornflakes-Werbung darin drehen können. Das Medium Sydney Omarr hatte Bonnie einst gesagt, Gelb würde ihr Glück bringen. Er hatte ihr außerdem prophezeit, dass sie in ihrem Leben dem Tod öfter begegnen würde als andere Menschen in dreizehn Leben. Das war vier Jahre bevor sie »Bonnies-Tatort-Reinigung« gründete. Damals hatte sie ihm nicht geglaubt.

»Dein Vater fängt sich schon wieder«, sagte sie. »Wart's nur ab.«

»Klar doch«, sagte Ray, der wie gebannt *Tom und Jerry* verfolgte.

»Er ist eigentlich ein guter Kerl. Das Leben ist im Moment nur ... so verwirrend für ihn.«

An die Spüle gelehnt, trank sie ihren koffeinfreien Kaffee. Sie hatte erwartet, dass Ray sich umdrehen und etwas sagen würde, aber das tat er nicht. Also kippte sie den Rest ihres Kaffees weg, spülte den Becher aus, ging zu ihm und gab ihm einen Kuss auf den verstrubbelten Kopf. »Also dann bis um sechs. Ich glaube nicht, dass es später wird. Heute gibt es Koteletts.«

»Okay, Mom.«

Für einige Augenblick verharrte Bonnie schweigend. Dann sagte sie: »Ray?«

Er reagierte nicht. Er wusste, was sie gleich sagen würde, und sie wusste, dass er es wusste.

Sie sagte es trotzdem. »Ich habe dich sehr lieb, Ray. Es wird alles wieder gut.«

Die Einfahrt ihres Hauses war gerade breit genug für ihre zwei Autos. Bonnies Dodge-Pick-up und Dukes elfjähriger Buick Electra. Beim Einzug hatte Bonnie noch geglaubt, dieses Haus sei nur eine vorübergehende Lösung für vielleicht zwei oder drei Jahre. Sie dachte, danach würden sie ein größeres Haus mit mehr Grund kaufen, denn sie wünschte sich einen Pool, in dem man nicht nach zwei Zügen mit dem Kopf an den Beton knallte, und sie wollte es nicht in der Küche riechen, wenn die Nachbarn grillten. Vier oder fünf Orangenbäume wollte sie pflanzen. Sie träumte von einem Whirlpool unter freiem Himmel. Vielleicht sogar mit Aussicht.

Das war inzwischen dreizehn Jahre her. Ray war damals vier gewesen. Längst dachte sie nicht mehr an vier oder fünf Orangenbäume, Whirlpools und schöne Aussichten. Aus dem Küchenfenster hatte sie einen Blick auf einen grau gestrichenen Zaun. Und sie verkaufte immer noch Glamorex-Kosmetika und sie schrubbte immer noch das Blut anderer Leute weg und sie wusste, dass diese Schufterei einen Sinn haben musste. Aber sie wagte es nicht, sich diesen Sinn vorzustellen.

Sie mochte Barbra Streisand. »Evergreen« war einer ihrer Lieblingssongs, und sie spielte ihn immer und immer wieder. Allerdings nur, wenn Duke nicht zu Hause war.

Sie nahm Dukes Electra für die Fahrt zum Venice Boulevard. Die Klimaanlage war kaputt, die Sitze mit Klebeband geflickt. Die Bluse klebte ihr am Körper, als sie Venice Boulevard erreichte. Nicht weit entfernt von Glamorex fand sie einen Parkplatz.

Als sie den Bürgersteig entlanghetzte, kam sie an einem altersgebeugten Mann mit weißer Golfmütze vorbei, der breit grinsend seine dritten Zähne zeigte und bestimmt über fünfundachtzig war. »Hallo auch! Hübsche Titten!«

Ihr Hirn brauchte einige Augenblicke, um zu verarbeiten, was er gesagt hatte. Dann blieb sie stehen, drehte sich um und rief: »Hey!« Aber der Bürgersteig war verlassen. Hatte sie sich die Begegnung nur eingebildet? Für einen Augenblick stand sie ratlos da, dann ging sie entschlossen weiter und schob sich, bei Glamorex angekommen, durch die Drehtür. Ihre Absätze hallten klackend über den Marmorfußboden in der von der Klimaanlage eisgekühlten Lobby.

Sie nahm den Fahrstuhl zum vierzehnten Stock. Hier residierte Glamorex of Hollywood Incorporated. Im Empfangsbereich stapelten sich Kartons entlang der Wände bis zu den Fluren. Die Vertriebsleiterin Joyce Bach stand inmitten des Chaos und sah mit ihrer wilden schwarzen Mähne noch verwirrter aus als sonst. Zwischen ihren leuchtend rot geschminkten Lippen (»Scarlet Siesta«) baumelte eine brennende Zigarette. Jedes Mal, wenn sie den Mund aufmachte, regnete Asche auf ihr königblaues Kostüm.

»Es ist nicht zu fassen! Von den Herbst-Colorierungen liefern sie kaum die Hälfte und die Packungen für die Millenium-Intensiv-Maske sind verdruckt. Wer führt diesen verdammten Laden eigentlich? Orang-Utans?«

Ein offensichtlich verärgerter Ralph Kosherick kam mit einem Clipboard unter dem Arm aus seinem Büro gestürmt. Er war groß gewachsen, hatte leicht hängende Schultern und ein breites, zerknittertes Gesicht, das an den alten Hollywood-Schauspieler Fred McMurray erinnerte. Jedes Mal, wenn Bonnie ihn traf, hatte sie das überwältigende Bedürfnis, ihre Nagelschere herauszuholen und ihm die dichten, schwarzen Augenbrauen zu stutzen. Ralph hatte die Ärmel seines weißen Hemdes hochgekrempelt. Die lilafarbenen Hosenträger ließen die Aufschläge seiner Hosen zwei Zentimeter über dem Spann der schwarz-polierten Oxford-Schuhe schweben.

»Du bist zu spät, Bonnie«, sagte er, ohne auf seine Uhr zu schauen. »Aber weil du heute morgen wieder einfach hinreißend aussiehst, will ich dir noch einmal verzeihen.«

»Deiner Frau sagst du solche Sachen hoffentlich auch hin und wieder.«

»Meiner Frau sag ich so was ständig. Ich sorge nur dafür, dass sie's nicht hört, damit es ihr nicht zu Kopf steigt.«

»Du bist ein unmöglicher Kerl, Ralph. Wo bin ich heute eingeteilt?«

Er blätterte durch Papiere auf seinem Clipboard. »Erst rufst du bei Marshall's an und danach gehst du bei Hoffman Drugs vorbei und schaust, was die brauchen. Deine Millennium-Promotion hab ich auf drei geschoben.«

»Gut, das passt. Ich habe eine Verabredung zum Mittagessen um halb zwei.«

»Sag's ab. Ich führe dich aus. Auf der Melrose gibt es einen Laden, die machen diese wahnsinnig guten gefüllten Weinblätter. Wir treffen uns hier, wenn du von Hoffman zurück bist.«

»Das ist wirklich sehr großzügig von dir, Ralph, aber ich habe es schon mal gesagt: Unsere Beziehungen sollte strikt professioneller Natur sein.«

»Strikt klingt gut, wenn du das sagst. Professionell allerdings weniger.«

»Schlägt dich deine Frau eigentlich manchmal?«

»Marjorie? Soll das ein Witz sein? Die schlägt mich nicht mal beim Scrabble.«

Bonnie suchte ihre Musterkartons zusammen und LeRoy von der Poststelle half ihr, das Zeug nach unten zu tragen. Er hatte Kopfhörer auf und tanzte förmlich zu Bonnies Auto. Nachdem sie den Kofferraumdeckel dreimal zugeknallt hatte, bis er richtig schloss, drehte sie sich um und fragte: »Was hören Sie da?«

LeRoy zupfte einen der Stöpsel aus seinem Ohr und sah Bonnie an, als wäre sie ihm völlig unbekannt. »Was?«

»Ich habe gefragt, was Sie da hören.«

Er reichte Bonnie den Kopfhörer, und sie hörte sich kurz die Musik an. Techno-Dance-Beats, endlos wiederholte Riffs und eine Stimme, die wieder und wieder sang: »Wake up the dayyudd ... you kill me bruvva ... wake up the dayyudd ...«

Sie gab ihm den Kopfhörer wieder. »Ganz nett. Aber ich glaube, ich bleibe bei Billy Ray Cyrus.«

Die Einkäuferin bei Marshall's war eine kleine Frau namens Doris Feinman. Sie trug Schwarz und war so stark geschminkt, als würde sie bei einem chinesischen Wanderzirkus auftreten wollen. Nachdem sie Bonnies Lippenstiftproben auf ihrer Theke verteilt hatte, nahm sie sämtliche Kappen ab und brachte alles durcheinander.

»Wie heißt dieser hier? Blood Orange? Interessanter Farbton, wirklich, aber meinen Sie nicht auch, das klingt ein wenig ... menstrual?«

»Die Namen kann man selbstverständlich ändern. Gar kein Problem.«

»Na, das hört man gern. Auf Cranberry Climax stehe ich nämlich ehrlich gesagt auch nicht so. Wer denkt sich so was aus?«

Statt zu antworten hielt Bonnie ihr gefrorenes Beinahe-Lächeln fest. Es war immer das Gleiche, ein Ritual. Weil Glamorex zu den kleineren Lieferanten gehörte, gab Doris Feinman ätzende Kommentare von sich und brachte ihre Muster durcheinander.

»Diese Wimperntusche ist zu dickflüssig. Als ob die Frauen heutzutage noch wie Goldie Hawn aussehen wollten. Das hat doch so etwas Unterwürfiges, finden Sie nicht?«

Das Lächeln machte Bonnie inzwischen echte Schwierigkeiten. Meine Güte, dachte sie, unterwürfige Wimperntusche.

Nach anderthalb Stunden wusste Doris Feinman endlich, was sie wollte, und sie war bereit zu bestellen. Die 13.500 Dollar sollten Ralph halbwegs zufrieden stellen. Sie hatte allerdings nichts von der Millennium-Intensiv-Maske nehmen wollen. Sie hätte die Maske an einer ihrer Assistentinnen ausprobiert, sagte Doris Feinman, und die hätte danach wie eine Wasserleiche ausgesehen.

Das Goodman-Apartment

Sie war gerade auf dem Weg zu Hoffman Drugs, als ihr Pieper losging. Auf dem Display las sie die Nachricht: »Munoz 8210 De Longpre eilig«.

»Scheiße«, sagte sie und bog links auf die Spaulding, dann rechts auf die De Longpre und sah schon aus der Entfernung zwei Streifenwagen und einen silbernen Oldsmobile mit aufgesetztem Blaulicht. Nachbarn und Passanten, die üblichen Hyänen, hatten sich schon eingefunden, als würden sie die unterhaltsamen Reste einer menschlichen Tragödie schon von weitem riechen.

Sie stieg aus dem Wagen.

Einer der Polizisten hob das Absperrungsband hoch, damit Bonnie darunter durchschlüpfen konnte. »Ah«, sagte er, »die Putzfrau, stimmt's? Na, den Job will ich nicht für alles Geld, Süße.«

Bonnie zeigte ihm den Finger.

Eine steile Asphaltrampe führte zur Garage des Hauses. Das Haus selbst war ein ockerfarbenes zweistöckiges Gebäude mit stuckverzierter Fassade. Eine mit roten Platten ausgelegte Treppe führte zum Haupteingang. Am Geländer vor der Tür lehnte Lieutenant Dan Munoz, rauchte eine grüne Zigarre und unterhielt sich mit Bill Cliff vom Büro des Untersuchungsrichters.

Bonnie stieg die Treppe hinauf und wurde von Dan begrüßt. »Hallo, Bonnie. Das ging aber schnell.«

Dan war ein sehr gut aussehender Mann. Fast lächerlich gut aussehend für einen Polizisten: mit dichten haselnussbraunen Locken und dem Kinn eines Leinwandhelden. Und Bonnie fürchtete sich geradezu vor seinen braunen, glänzenden Augen. Diese Augen schienen sie vollkommen zu durchschauen, sahen alles – von dem Rezept, dass sie für das Abendessen im Kopf hatte, bis zur Waschanleitung in ihrem Höschen.

Dan trug einen blauen Seidenanzug und dazu eine rot-gelbe Krawatte. Er duftete nach Giorgio-Aftershave. Ein piekfeines Dinner wäre dem Aufzug angemessener gewesen als eine Tatortbesichtigung. Bill Clift war das Gegenteil von Dan: sommersprossig und schmuddelig. Sein grauer Leinenmantel hing wie ein Sack an seinem Körper, und seine Brille war offenbar so oft zerbrochen, geklebt, wieder zerbrochen und wieder geklebt worden, bis er einfach so viel Heftpflaster um die Brücke gewickelt hatte, dass nichts mehr passieren konnte.

Dan legte einen Arm um Bonnie und drückte sie herzlich. »Wenn du dich noch ein bisschen mehr beeilst, kannst du das nächste Mal die Teppiche schon aufrollen, bevor sie sich gegenseitig umbringen.«

Bonnie deutete zur Haustür, die einen Spalt offen stand. »Um was geht's?«

»Komm rein. Ich zeig's dir.«

»Lieber nicht. Eigentlich hab ich gerade keine Zeit. Ich hab nur vorbeigeschaut, weil ich sowieso in der Nähe zu tun hatte.«

»Das ist ein richtiger Schocker, ehrlich. Drei Kinder. Vier, sieben und neun. Das Ganze lief wohl so: Die

Mutter fährt zu ihren Eltern in San Clemente. Das Kindermädchen hat frei. Der Vater nimmt seine Schrotflinte, geht ins Kinderzimmer und erschießt sie aus nächster Nähe. Danach geht er wieder ins Wohnzimmer, steckt sich die Flinte selbst in den Mund und streicht die Tapete mit seinem Hirn neu.«

»Du lieber Gott«, sagte Bonnie. »Gibt es irgendeinen Hinweis darauf, warum er es getan hat?«

»Wahrscheinlich ist ihm einfach die Sicherung durchgebrannt. Er hat keinen Abschiedsbrief oder so was hinterlassen.«

»Wo ist die Mutter?«

»Immer noch da drin.« Er schlug sein Notizbuch auf. »Mrs Bernice Goodman, sechsunddreißig. Darum hab ich dich auch angerufen. Heute Nacht geht sie zwar erst mal zu Freunden, aber es ist ihr ziemlich wichtig, dass die Wohnung schnellstmöglich sauber gemacht wird.«

Bonnie zögerte. »Okay«, sagte sie dann, »dann seh ich mir das einmal an. Und du und deine Leute, ihr seid hier fertig?«

»Klar. Wir sind fertig. Bist du fertig, Bill?«

»Alles in Tüten. Von mir aus können wir.«

Dan schob Bonnie durch die Haustür in eine L-förmige Diele. An den Wänden hingen gerahmte Gruppenbilder von Bowling-Teams, die Mitglieder mit vom Blitz geröteten Werwolfaugen. Eine Ecke wurde von einem großen, eingetopften Kaktus eingenommen. Daneben stand ein Tisch mit einer Briefbeschwerersammlung aus Messing.

»Hier rein«, sagte Dan. »Das Wohnzimmer – oder Sterbezimmer, wenn du so willst.«

Bonnie blickte sich um. Die Wände des großen Raumes waren cremefarben gestrichen. Die waagerechten Lamellen der Jalousie waren geschlossen, sodass nur gedämpftes Licht hereinkam. Die Einrichtung bestand aus minimalistischen modernen Möbeln, cremefarbene Polster, ein Glastisch. Nur eine offenbar antike Vitrine in der Ecke schien nicht ins Bild zu passen. In der Vitrine waren Zinnbecher, Pokale und andere Bowling-Trophäen ausgestellt.

Obwohl der Raum so schlicht war, strahlte er eine Atmosphäre aus, die Bonnie nach Luft schnappen ließ. Es war, als wäre sie in eiskaltes Wasser gesprungen. Wenn sie sonst an einen solchen Ort kam, lagen die schrecklichen Taten, die dort verübt worden waren, meist schon Tage oder gar Wochen zurück. Doch in diesem Raum wirkte das grausige Geschehen so nahe und überwältigend, dass sie sich umdrehen und einfach weggehen wollte.

»Na, was denn«, sagte Dan, als könnte er ihre Gedanken lesen.

An einer Wand hing ein großes abstraktes Gemälde. Blaues Dreieck mit weißem Quadrat und rotem Punkt. Ein Schild gab den Titel mit »Gelassenheit III« an. An der gegenüberliegenden Wand war ein roter Fächer mit pinkfarbenen Punkten. Blut und Hirnmasse. In der Mitte ein grobes, ovales Loch, so groß, dass Bonnie eine Faust hätte hineinstecken können. Um das Loch viele kleine schwarze Flecken. Schrotspuren.

Die cremefarbene Ledercouch war über und über mit Blut beschmiert. Bonnie ging um die Couch herum und sah die dickflüssige rubinrote Pfütze auf dem weißen Teppich gleich dahinter. Nach dem Schuss musste das, was vom Kopf des Vaters übrig geblieben war, nach hinten gekippt sein. Wie eine große, mit Wasser gefüllte Vase, die man umkippte, hatte sich der Kopf auf den Boden entleert.

Dan kam zu Bonnie herüber. »Der Mann hat ein Zeichen gesetzt, kann man wohl sagen.«

Bonnie nickte. »Allerdings. Das ist der Unterschied zwischen Männern und Frauen, oder? Frauen sind so rücksichtsvoll und bringen sich auf pflegeleichten Böden oder in der Badewanne um. Männer interessieren sich nicht für die Sauerei, die sie hinterlassen. Setzen sich im Wohnzimmer aufs Sofa und – peng.«

»Klingt als würdest du das persönlich nehmen.«

»Ja? Vielleicht. Der Schmerz, den man zufügt, reicht noch nicht. Mir kommt es so vor, als ob man es noch schlimmer macht, indem man sagt: Mein Leben ist nichts wert, unsere Familie ist nicht wert und das Heim, das wir uns aufgebaut haben, ist auch nichts wert. Ist also egal, wenn ich mein Hirn über die Tapete verteile.«

Sie blickte zu ihm auf. »Ja, Dan, ich nehme das persönlich. Als Frau und als diejenige, die hier wieder sauber machen muss.«

»Aber der Blutfleck da geht nicht mehr weg, oder?«

Bonnie ging in die Hocke und fühlte die Beschaffenheit des Teppichs. »Ein Wolle-Nylon-Gemisch. Wolle saugt Blut auf und lässt es nicht mehr los, das ist das Blöde. Ich hab da einen neuen Reiniger auf Enzymbasis. Damit könnte ich's versuchen. Aber ein brauner Fleck bleibt in jedem Fall zurück.«

Sie erhob sich. »Kommt darauf an, wie die Witwe versichert ist, würde ich sagen. Und sonst kann man ja immer noch das Sofa über den Fleck schieben.«

Dan sah sie fragend an.

»Was denn?«, sagte Bonnie. »War nur ein praktischer Vorschlag.«

»Na klar.«

»He Dan, nicht jede Frau kann sich einen neuen Teppich leisten, nur weil ihr Verblichener so egoistisch war, sich im Wohnzimmer das Lebenslicht auszupusten.«

»Na ja.« Kopfschüttelnd sah er sich im Raum um. »Aber man fragt sich doch, was in seinem Kopf vorging.«

Bonnie deutete auf die Wand. »Das da war in seinem Kopf. Sieh es dir an.«

»Und was sagt uns das jetzt im Allgemeinen und im Besonderen?«

»Es sagt uns, dass es einen großen Unterschied gibt zwischen dem, *was* wir sind und *woraus* wir sind.«

»Und?«

»Und nichts. Aber ich stelle erfreut fest, dass die Wandfarbe wahrscheinlich abwaschbar ist. Dann ist das Blut nicht bis zum Putz durchgedrungen.«

»Na prima«, sagte Dan. Sie sahen sich an und wussten beide, dass ihre abgebrühte Flapsigkeit nur eine gut gespielte Nummer war. Es war unmöglich, nicht geschockt zu sein, wenn man in dieses Haus kam und sich ausmalte, was geschehen war. Das sanfte Licht, das Blut, die grauenvolle Leere. Das nicht enden wollende Gesumme einer einsamen Fliege.

»Zeigst du mir jetzt die Kinderzimmer?«, fragte Bonnie.

Die Kinderzimmer

Linker Hand ging es durch einen Flur zum Elternschlafzimmer, Badezimmer und drei kleineren Zimmern. Im kleinsten stand ein Einzelbett, ein Schreibtisch und ein Bücherregal. An den Wänden hingen Poster von Brad Pitt und Beck. Das Fenster blickte auf die Garage des Nachbarhauses. Auf dem Garagendach lag ein platter Basketball.

»Kindermädchen«, sagte Dan.

Er führte Bonnie zum letzten Zimmer am Ende des Flurs. Das Kinderzimmer. Hier hatten der vierjährige Junge und das siebenjährige Mädchen geschlafen. Ein metallischer Geruch hing in der Luft – der Geruch frisch geronnenen Bluts.

Der Raum war hübsch tapeziert, rosa Blumen auf blauen Streifen. Unter dem Fenster stand eine blaue Spielzeugkommode. Barbiepuppen, Puppenhausmöbel, Modellautos und Star-Wars-Figuren quollen aus den Schubladen. An den Wänden hingen Poster von Baumeister Bob.

Es kostete Überwindung, das Stockbett anzusehen. Beide Kinder hatten schon friedlich in ihrer Disney-Bettwäsche mit Motiven aus dem *König der Löwen* geschlafen. Die Schüsse hatten die Bettwäsche in geschwärzte

Fetzen verwandelt, die sich wie monströse Blüten öffneten. Hier und da begegnete Bonnie immer noch dem gütigen Blick des Löwenkönigs. Die Matratzen waren vollständig mit Blut getränkt, die Wand hinter dem Bett großflächig bespritzt, sogar die Decke sah aus, als hätte jemand rote Regenschirme aufgespannt. Dass die Kinder nie erfahren hatten, was sie ereilte, war kein Trost bei diesem Anblick.

Bonnie hob eine Puppe auf und merkte zu spät, dass ein dünner Faden menschlichen Gewebes wie ein Spinnfaden auf ihrem Gesicht klebte. Weil Dan sie beobachtete, ließ sie sich nichts anmerken und legte die Puppe einfach wieder hin.

»Wir zwei haben viel gemeinsam, weißt du das?«, fragte Dan.

»Glaubst du?«

»Vielleicht sollten wir mal was zusammen trinken, ein bisschen reden?«

Bonnie drehte sich zu ihm um. »Was hätten wir denn zu bereden, Dan? Ich bin eine verheiratete vierunddreißigjährige Mutter. Meine Themen beschränken sich auf Kochen, Kosmetik und Putzen.«

Er wollte etwas sagen, tat es aber nicht. Stattdessen drehte er sich um und ging voraus in das Zimmer der Neunjährigen.

Pinkfarbene, geraffte Vorhänge. Ein kleiner Schminktisch mit Spielzeug-Flakons und -Tuben. In der Mitte des Tisches lagen ordentlich nebeneinander aufgereiht vier Lippenstifte, die das Mädchen wahrscheinlich von ihrer Mutter bekommen hatte.

Bonnie nahm einen in die Hand. Es war »Shocking Red« von Glamorex.

Das Bett war das gleiche blutige Chaos wie im anderen Zimmer, aber es schien, als sei der erste Schuss nicht tödlich gewesen. Es gab rote Fingerabdrücke an der Wand. Das Schafsfell vor dem Bett war blutgetränkt. Es sah aus wie ein frisch geschlachtetes Tier.

»Er hat ihr die halbe Hüfte weggeschossen, aber sie versuchte trotzdem zu fliehen. Bis zum Fenster ist sie gekommen.«

»Das sehe ich.«

Sie sahen sich noch etwas im Zimmer um. Dann fragte Dan: »Kannst du das in Ordnung bringen?«

Bonnie nickte. »Ich spreche erst mal mit der Mutter.«

Verhandlungen

Mrs Goodman saß am Küchentisch. Eine schwarze Polizistin, die neben Mrs Goodman stand, hatte ihr die Hand auf die Schulter gelegt. Mrs Goodman war dünn, hatte eine große Nase und streng zurückgekämmte Haare mit blonden Strähnchen. Sie trug ein schwarzes Kleid mit Diamantbrosche. In der Hand hielt sie einen vollen Kaffeebecher, ihr starrer Blick war leer.

Beim Eintreten in die Küche grüßte Bonnie die Polizistin mit einem kleinen Wink. »Hi Martha«, sagte sie gedämpft. »Dich hab ich ja schon ewig nicht mehr gesehen. Wie geht es Tyce?«

Dan beugte sich zu Mrs Goodman hinunter. »Mrs Goodman? Das ist die Spezialistin, von der ich Ihnen erzählt habe.«

Auch Bonnie beugte sich vor. »Mrs Goodman? Mein Name ist Bonnie Winter. Wenn Ihnen das alles zu schnell und zu viel ist, sagen Sie es. Dann ruf ich Sie einfach später an. Lieutnant Munoz hat mir allerdings gesagt, dass Sie so schnell wie möglich wieder Normalität in Ihr Apartment bringen wollen.«

Mrs Goodman reagierte zunächst nicht. Hob nicht einmal den Kopf. »Steht sie noch unter Schock?«, fragte Bonnie. »Sollte man sie nicht ins Krankenhaus bringen?«

Da blickte Mrs Goodman endlich auf und sagte: »Nein, nein. Mir geht es gut. Ich möchte hier bleiben. Hier, wo meine kleinen Lieblinge gestorben sind. Ich will hier bleiben.«

Bonnie zog sich einen Küchenstuhl heran und setzte sich nah zu Mrs Goodman. Der sägezahnige Schatten einer Yuccapalme zeichnete sich hinter der Jalousie ab. Sie wiegte sich im Luftzug und erinnerte Bonnie aus irgendeinem Grund an einen nickenden Papagei. Behutsam nahm sie Mrs Goodman den Kaffeebecher aus der Hand und stellte ihn auf dem Tisch ab.

»Was glauben Sie? Warum hat er es getan?«, fragte Mrs Goodman nach einer Weile.

»Es gibt wohl nur zwei, die diese Frage beantworten könnten«, sagte Bonnie, »Ihr verstorbener Mann und Gott.«

»Aber er liebte unsere Kinder so sehr. Ich glaube, er liebte sie mehr als ich. Er sagte immer, er sei so stolz auf sie, weil ich ihn so stolz machte und sie unsere Kinder wären.«

»Niemanden kennt man so ganz«, sagte Bonnie. »Mein Mann zum Beispiel: Ich habe keine Ahnung, was in seinem Kopf vorgeht. Er ist mir ein totales Rätsel.«

Mrs Goodman faltete ein Taschentuch auseinander und presste es sich unter die Augen. »Mein Vater hat immer gesagt, dass Aaron nichts taugen würde, dass ich zu gut für ihn sei und dass ich einen Anwalt oder Immobilienmakler hätte heiraten sollen. Einen, der viel Geld verdient, statt einen mit einer chemischen Reinigung.«

»Hey, wo die Liebe hinfällt ...«

»Ich weiß. Aber ich weiß nicht, warum er es getan

hat. Eine halbe Stunde, bevor es passiert ist, habe ich noch mit ihm telefoniert, und alles schien vollkommen normal zu sein. Er sagte, er wolle am Freitag am Stausee angeln gehen. Man redet doch nicht erst vom Angeln und tötet dann seine eigenen Kinder.«

Bonnie nahm ihre Hand. »Mrs Goodman, ich kann mir wirklich nicht ansatzweise vorstellen, was Ihren Mann zu dieser Tat getrieben hat, aber ich kann hier für Sie aufräumen, damit sie möglichst bald wieder ein halbwegs normales Leben führen können.«

Tränen liefen über Mrs Goodmans Wangen, und diesmal versuchte sie nicht, sie wegzuwischen. »Sie waren so wunderschön, meine Kleinen, so wunderschön. Mein Benjamin und meine Rachel und meine kleine Naomi.«

Geduldig wartete Bonnie, während Mrs Goodman leise weinte. Nach einer Zeit, die ihr angemessen schien, schaute Bonnie auf ihre Armbanduhr. »Mrs Goodman, die wenigsten Menschen wissen, dass nicht die Polizei nach einer solchen Tragödie aufräumt und sauber macht. Das machen Spezialisten wie ich, und Sie müssen dafür zahlen. Aber es gibt nicht nur mich. Ich mache Ihnen gern einen Kostenvoranschlag. Wenn Sie wollen und denken, dass ich zu teuer bin, können Sie im Branchenbuch nach anderen Reinigungsfirmen suchen und vergleichen.«

Mrs Goodman sah sie an, als hätte Bonnie Griechisch mit ihr gesprochen.

»Sind Sie versichert, Mrs Goodman?«, fragte Bonnie. »Es tut mir Leid, dass ich jetzt so geschäftsmäßig klinge, aber ein Reinigungsauftrag wie dieser kann Sie teuer zu stehen kommen.«

»Versichert?«

»Hören Sie auf Bonnie«, sagte Dan, »sie kennt sich aus.«

»Im Augenblick sind Sie ganz besonders angreifbar, Mrs Goodman, und es gibt eine ganze Menge Haie, die bald um sie herumschwimmen werden. Diese Leute sagen, sie erledigen alles für Sie, räumen auf, nehmen Ihre Rechte wahr, bringen Ihre Finanzen in Ordnung, regeln den Nachlass. Ich sage das alles wirklich in Ihrem Interesse.«

»Aaron hat sich nie um Geld gekümmert. Was er hatte, hat er ausgegeben.«

»Das glaube ich Ihnen, aber das hier könnte gut und gern fünfzehnhundert Dollar kosten. Ohne neue Teppiche und Möbel. Wahrscheinlich gibt es keine Probleme. Die meisten Hausratversicherungen übernehmen Schönheitsreparaturen nach Verbrechen. Wenn Sie mir die Nummer Ihres Versicherungsagenten geben, rede ich gleich heute Nachmittag mit ihm und kläre Ihren Anspruch.«

»Versicherungsagent? Tja, ich weiß nicht. Aaron hat sich um solche Sachen gekümmert.«

»Eile mit Weile. Ich gebe Ihnen meine Karte, und wenn Sie wissen, wer Ihr Versicherungsagent ist, rufen Sie mich einfach an.«

»Machen Sie es? Machen Sie alles sauber, sodass es wieder aussieht wie vorher?«

»So ziemlich, Mrs Goodman. Ja.«

»Und was ist mit meinem Leben? Können Sie auch machen, dass mein Leben wieder aussieht wie vorher?«

»Nein, Mrs Goodman, das kann ich nicht.«

Mrs Goodman drückte fest Bonnies Hand. Ihre Finger waren eiskalt, es war, als würde eine Leiche ihre Hand festhalten. »Sagen Sie bitte Bernice zu mir?«

»Bernice? Aber sicher, wenn Sie das gern möchten.«

Gerade als Bonnie das Haus verlassen wollte, kamen ihr ein Mann um die dreißig mit einer jungen Mexikanerin entgegen. Er trug einen leichten Sommeranzug und sie ein ärmelloses blaues Kleid mit großen, schwarzen Blumen darauf. Der Mann war ein paar Zentimeter kleiner als Bonnie, hatte lockiges rotbraunes Haar und trug eine randlose Brille. Das Mädchen war höchstens siebzehn, hatte Aknenarben im runden Gesicht und trug einen Pferdeschwanz.

»Kann ich Ihnen helfen?«, fragte Dan.

»Mein Name ist Dean Willits«, sagte der Mann, »ich bin ein Freund der Familie und möchte Mrs Goodman abholen. Das hier ist Consuela, sie braucht auch noch ein paar Sachen aus ihrem Zimmer.«

»Ah ja. Mrs Goodman ist in der Küche, gehen Sie einfach durch. Ein Officer wird sich um Consuela kümmern.«

Dean Willits sah sich zuerst im Wohnzimmer um. »Heilige Scheiße«, sagte er beim Anblick des Einschusslochs und den Blutfontänen an der Wand. »Ich hatte ja keine Ahnung ...«

Dan wurde ungeduldig. »Wir sollten jetzt wirklich Mrs Goodman hier rausbringen, meinen Sie nicht?«

»Klar. Sofort. Tut mir Leid. Es ist nur ... Aaron war wirklich ein guter Freund. Und ein toller Vater. Ein wirklich ganz toller Vater, ehrlich. Er hätte den Kindern kein Haar krümmen können.«

»Na ja«, sagte Dan.

Sie standen in der prallen Sonne vor dem Haus. »Tja, dann überlasse ich den Rest dir«, sagte Dan zu Bonnie.

»Kein Problem.«

»Irgendetwas beschäftigt dich doch, oder?«

»Eigentlich nicht. Ich bin nur so ratlos wie Mrs Goodman: ein prächtiger Vater, der so sehr an seinen Kindern hing. Was um Himmels willen bringt ihn dazu, sie umzubringen?«

Dan schüttelte den Kopf. »In solchen Fällen wird das wohl niemand je erfahren.«

Bonnie duckte sich unter dem Absperrband der Polizei durch und ging zu ihrem Wagen. Dan folgte ihr und hielt die Tür auf. Das Quietschen der Scharniere klang wie ein aufgeschrecktes Schwein.

»Kann ich dich morgen vielleicht zum Essen einladen?«

»Ich bin doch gar nicht dein Typ. Und außerdem, was soll ich Duke sagen?«

»Du musst ihm gar nichts sagen. Wir leben im Zeitalter der sexuellen Gleichberechtigung.«

»Quatsch. Wenn das das Zeitalter der Gleichberechtigung ist, warum hockt mein Mann dann faul zu Hause vor dem Fernseher, während ich mir in zwei Jobs die Hacken ablaufe?«

»Dann mach mal eine Pause, Bonnie. Mach eine Pause. Atme mal tief durch.«

»Entschuldigung Dan, aber gerade das versuche ich beim Beseitigen von Leichenresten zu vermeiden.«

»Zynikerin.«

»Lustmolch.«

Mittagessen

Im Green Rainbow an der Ecke Sunset und Alta Loma traf sie ihre Freundin Susan Spang. Bonnie brauchte mehr als zehn Minuten für ihre Bestellung, weil sie sich einfach nicht entscheiden konnte, während Susan unaufhörlich mit ihrer Gabel spielte. Schließlich nahm Bonnie:

Lauwarmen Rotkohl mit Chorizo,
    grünen Oliven und
    Ziegenfrischkäse   (674 Kalorien)
ein kleines Beefsteak mit
    gebratenen Babymaiskolben
    und Chiliflocken   (523 Kalorien)
Gegrillte Feigen   (311 Kalorien)
Evian Stilles Wasser   (0 Kalorien)

DIE BEDEUTUNG DER MENSCHLICHEN TRAGÖDIE

Sie kannten sich seit Schulzeiten. Damals waren sie die besten Freundinnen gewesen, beinahe wie Geschwister, und beide hatten davon geträumt, eines Tages Filmstars zu werden. Sie hatten sogar Sterne aus Alufolie gebastelt, ihre Namen darauf geschrieben und sie auf den Hollywood Boulevard gelegt.

Bonnie nannte sich auf ihrem Stern »Sabrina Golightly« und Susan war »Tunis Velvet«. Inzwischen sahen sie sich noch drei- oder viermal im Jahr. Bonnie wollte die Freundschaft nicht einfach beenden, obwohl sie sich eigentlich nicht mehr viel zu sagen hatten. Den Kontakt zu Susan abzubrechen wäre, als würde man endgültig den Kontakt zu seinen Jugendträumen abbrechen und sich eingestehen, dass man niemals einen Millionen-Dollar-Brillantring oder ein pinkfarbenes Haus in Bel Air besitzen würde. Außerdem war Susan die einzige Freundin, die nicht nur über Shopping, Kinder und Kochen redete.

Susan war groß, schlank und beeindruckend, mit ihrem langen schwarzen Haar, das ihr bis zu den Hüften reichte, dem schmalen Gesicht und den großen dunklen Augen. An diesem Tag trug sie ein kurzes lilafarbenes Kleid mit applizierten silbernen Sternen und einen Hut aus Fellimitat, der aussah, als hätte es sich ein haariger mittelalterlicher Zwerg auf ihrem Scheitel bequem gemacht.

Susan hatte ihre langen Beine unter einem Ecktisch gekreuzt und wartete schon auf Bonnie.

»Liebes, du siehst so *geschafft* aus«, war das Erste, was sie sagte.

»Danke. Bin ich auch.«

»Bitte schleif den Stuhl nicht so über den Boden, ich habe heute meine Kopfschmerzen.«

»Oh, das tut mir Leid. Vielleicht hättest du absagen sollen?«

»Absagen? Auf keinen Fall. Ich wollte dich unbedingt sehen. Ich muss mal wieder mit einem Menschen zusammen sein, der mit beiden Füßen auf dem Boden steht.«

»Tu ich das? Sollte mich freuen.«

»Ja, das tust du. Darum geht es ja eben. Du stehst auf dem Boden der Tatsachen. Das war schon immer so. Keine Ahnung, wie du das so hinkriegst.«

»Ich hab auch keine Ahnung.«

Ein chinesisch-stämmiger Amerikaner mit grüner Schürze kam an ihren Tisch und betete die Tageskarte herunter.

Susan unterbrach ihn: »Sangchi Ssam, was ist das?«

»Ein von der koreanischen Küche inspiriertes Gericht mit ziemlich scharf gewürztem Hackfleisch und Tofu auf Radicchio und Minze an einer frischen Chilisauce.«

Ein Königreich für einen Hamburger, dachte Bonnie. Aber diesmal hatte Susan das Restaurant ausgesucht.

Susan spülte ein Ibuprofen mit Evian hinunter. »Ich kann einfach kein Perrier mehr trinken«, sagte sie, »es erinnert mich einfach zu sehr an Clive.«

»Wie geht's Clive eigentlich?«

»Ach, der ist immer noch mit diesem Teenager mit Plastiktitten zusammen. Den solltest du mal sehen. Oder vielleicht lieber doch nicht. Er hat sich das Haar blond färben lassen. Sieht aus wie ein Alien. Andererseits sah er ja schon immer so aus.«

»Duke geht's gut«, sagte Bonnie ungefragt.

»Und Ray? Der muss doch inzwischen zwei Meter sein, oder? Will er immer noch Wrestler werden?«

Bonnie schüttelte lächelnd den Kopf. Plötzlich schien es ihr, als würde die Zeit an ihr vorbeifliegen.

»Und das Geschäft?«, fragte Susan mit einer Grimasse des Ekels.

»Gut. Läuft wirklich gut. Morgen haben wir einen natürlichen Tod und am Freitag zwei Selbstmorde. Das ist ein Ding, mit dem natürlichen. Der Typ ist in der Badewanne gestorben und sie haben ihn erst gefunden, als sein Körperfett die Wasserleitung verstopft hat. Das war nach beinahe acht Wochen.«

»Mein Gott, Bonnie. Ich verstehe nicht, wie du so was machen kannst. Wirklich nicht. Ich an deiner Stelle würde wahrscheinlich ... würde wahrscheinlich kotzen. Und in Ohnmacht fallen. Erst kotzen und dann in Ohnmacht fallen.«

»Irgendjemand muss das ja erledigen. Die Polizei kümmert sich nicht darum, die Gerichtsmedizin auch nicht und die Stadt oder das County erst recht nicht. Das ist eine Dienstleistung, sonst nichts.«

»Ich darf nicht einmal daran denken«, sagte Susan.

»Allein schon der Geruch! Bei uns ist mal ein Koyote in der Garage verreckt.«

Bonnie zuckte nur mit den Achseln. »Ein bisschen Wick auf die Oberlippe, dann geht's schon.«

Susan erschauderte.

Beim Essen klingelte Bonnies Mobiltelefon. Dean Willits war dran. Weil er gerade auf dem Ventura Freeway fuhr, war die Verbindung schlecht. »Ich habe mit Mrs Goodmans Versicherungsagenten gesprochen und der sagt, Sie sollen loslegen. Der Typ hat Frears angerufen und gemeint, er kennt Sie.«

»Na wunderbar, Mr Willits. Morgen Nachmittag sollte ich es einplanen können.«

»Frears hat die Schlüssel, okay?«

Bonnie wollte sich wieder ihrem Beefsteak widmen. Sie steckte ein Stück Fleisch und eine Gabel mit Mais in den Mund und begann zu kauen. Es schmeckte zäh und fettig, der Mais war nicht durch, sie musste plötzlich an die Betten der Kinder denken, die blutigen, zerfetzten Decken, und sie konnte einfach nicht schlucken, sondern spuckte, was sie im Mund hatte, in ihre Serviette.

»Was ist los«, fragte Susan. »Du bist plötzlich so – blass.«

»Ich musste nur an etwas denken, was ich heute Morgen gesehen habe. Aber du isst noch, ich werde also nichts davon erzählen.«

»Ich bitte dich, Susan. Dafür sind Freundinnen doch da. Du kannst mir alles erzählen.«

Also beschrieb Bonnie, was sie im Haus der Goodmans gesehen hatte, und Susan saß da und schaute und nickte.

»Das ist alles«, sagte Bonnie zum Schluss. »Ich weiß nicht, warum mich das mehr mitnimmt als andere Orte, die ich gesehen habe. Vielleicht ging es mir irgendwie wie Mrs Goodman. Die Kinder waren so ... präsent, weißt du. Als ob man ihre Seelen noch spüren konnte.«

»Du konntest wirklich ihre Seelen spüren?«

»Ich weiß nicht ... Irgendetwas habe ich gespürt. Als ob jemand da war, der eben eigentlich nicht da war, verstehst du? Es war beängstigend. Und bedrückend.«

»Du hast wirklich ihre Seelen gespürt. Das ist toll. Verstehst du, was das bedeutet?«

»Entschuldige, aber was meinst du?«

»Das ist Seelenwanderung. Und dass du das spüren kannst, zeigt nur, wie sensibel und empfänglich du bist. Du solltest wirklich mal zu meinem Kabbala-Lehrer mitkommen. Er heißt Eitan Yardani. Der Mann hat mich erleuchtet. Er kann deinem Leben so viel Sinn geben, weißt du.«

»Wovon redest du da, Susan?«

»Von der Kabbala, natürlich. Einfach jeder beschäftigt sich damit. Madonna, Elizabeth Taylor. Die Kabbala hat alle Antworten zu deinem inneren Selbst. Da ist ein Gott, En Sof, der ist so hoch über dem menschlichen Geist, dass manche Kabbalisten ihn Ayin, Den-Der-Nicht-Ist, nennen.«

»Aber die Kabbala, die ist doch jüdisch, oder? Ich bin katholisch.«

»Na und? Ist Madonna jüdisch? Bin ich jüdisch? Was spielt es für eine Rolle, welcher Religion du angehörst, wenn du die allumfassende Wahrheit finden kannst? Die Kabbala lehrt uns, dass alles im Leben Bedeutung hat, und sei es noch so versteckt. Dass diese Kinder gestorben sind, hatte einen Sinn, Bonnie. Und du könntest diesen Sinn in den Schriften finden.«

»Ich glaube nicht, dass ich den Sinn darin finden will.«

»Aber du hast ihre Seelen gespürt, Bonnie. Du hast die Kinder gespürt. Das ist kabbalistisch. Vielleicht willst du es nicht wissen, aber was ist, wenn die Kinder es dir sagen wollen?«

Bonnie wusste nicht, was sie sagen sollte. Susan war eine alte Freundin und nur das hielt sie davon ab, einfach die Gabel fallen zu lassen und zu gehen. Sie kannte Susans ständige Flirts mit dem Übersinnlichen. Bei ihrem letzten Treffen hatte sie nicht aufgehört, vom Dalai Lama zu schwärmen, und im Frühling war Sufi das Höchste gewesen. Aber Benjamin, Rachel und Naomi waren vor kaum vierundzwanzig Stunden ermordet worden. Weder die Kabbala noch Tarot oder irgendetwas anderes konnte ihren Tod erklären, es gab nur eine Erklärung, und die war so klar wie abstoßend: Der Vater der Kinder hatte den Verstand verloren und sie erschossen. Das war alles.

»Weißt du was, Susan?«, fragte Bonnie. »Du solltest mal mitkommen an den Tatort eines Mordes oder eines Selbstmordes. Du kannst dir nicht vorstellen, wie viel Blut so ein menschlicher Körper enthält.«

»Ich sagte ja, ich müsste kotzen.«

»Vielleicht. Und du würdest der Ewigkeit direkt in die Augen sehen ganz ohne Kabbala.«

»Machst du dich jetzt lustig über mich?«

»Überhaupt nicht«, sagte Bonnie und schob ihren Teller von sich. »Tut mir Leid. Ich hätte gar nicht davon anfangen sollen. Es war unfair.«

Susan hackte in ihrem Thunfischsalat herum. »Du hast dich verändert, weißt du das? Früher warst du nicht so zynisch.«

»Ich habe doch gesagt, dass es mir Leid tut.«

»Dabei wollte ich dir nur helfen, Bonnie. Ich wollte dir nur zeigen, dass man das Leben auch bejahen kann, weißt du. Ich meine, du siehst alles immer so negativ.«

»Was?«

»Ich kann einfach nicht ... Ich weiß nicht, wie ... Du bist wie eine Fremde für mich.«

»Wovon redest du? Was meinst du damit, dass ich wie eine Fremde bin?«

»Früher hast du gelacht. Du hast eigentlich immer gelacht. Du warst wie ein Sonnenschein.«

Bonnie kratzte sich verunsichert am Arm. »Ich lache doch jetzt auch noch.« Aber bei sich dachte sie: *Wann? Wann habe ich das letzte Mal richtig gelacht?*

»Ich will dir nicht wehtun, aber es ist so de-pri-mie-rend mit dir.«

»Ich deprimiere dich?«

Susan presste ihre Hände flach auf die Tischdecke und sah Bonnie direkt an. Sie atmete kurz und stoßweise. »Ich sage dir jetzt etwas, Bonnie. Ich stehe dem Leben positiv gegenüber. Es hat Jahre gedauert, bis ich das Positive im Leben erkannt habe. Und mit Leben meine ich die Schöpfung, die Erfüllung, die Transzendenz.«

»Klar. Verstehe. Geht mir auch so. Aber was willst du mir damit sagen?«

Susan öffnete den Mund wie für eine große Verkündung, schloss ihn aber wieder. Sie war so erregt, dass sie beinahe zu hyperventilieren schien. »Du ... du bist vom Tod umgeben. Ich konnte es spüren, als du das Restaurant betreten hast. Der Tod umgibt und begleitet dich wie ... wie ein Kleidungsstück. Wie ein schwarzer Schleier. Und das ertrage ich einfach nicht mehr. Es tut mir Leid, aber ich muss dir einfach sagen, was ich empfinde. Du machst mir Angst und du deprimierst mich, Bonnie.«

»Und? Bist du deshalb der Meinung, wir sollten uns in Zukunft nicht mehr treffen?«

Susan löste sich langsam in Tränen auf. Mit einer schwachen Bewegung winkte sie ab, ehe sie die Faust an ihre Lippen presste.

»Hör mal, Susan. Wenn wir uns nicht mehr treffen sollen, brauchst du es nur zu sagen. Ich will nicht als wandelnder Tod einen Schatten auf deine spirituelle Lebensbejahung werfen, wirklich nicht. Gott bewahre. Oder En Sof bewahre. Oder wer auch immer.«

Der Kellner trat an den Tisch und starrte irritiert auf die praktisch unberührten Teller. »Ist alles zu Ihrer Zufriedenheit?«

Susan fischte ein winziges Taschentuch aus ihrer winzigen Handtasche und putzte sich die Nase. »Ich übernehme das«, sagte sie, ohne Bonnie anzusehen, und legte ihre Platin American Express auf den Tisch.

»Der Tod. Ich bin der Tod«, sagte Bonnie, während sie auf die Rechnung warteten. »Denkst du das wirklich?«

»Tut mir Leid, Bonnie«, sagte Susan. »Ich habe Kopfschmerzen. Wahrscheinlich hattest du Recht, ich hätte einfach absagen sollen.«

Sie stand auf und Bonnie hielt sie am Ärmel fest. »Sehen wir uns wieder?«

»Bestimmt«, flüsterte Susan, aber Bonnie wusste, dass das eine Lüge war. Sie blieb sitzen, während Susan das Lokal verließ. Als sie den Sunset Boulevard im Laufschritt überquerte und ihr Haar zurückwarf, sah Bonnie sie zum letzten Mal. Ein Moment, eingefroren wie auf einem Polaroid. Sie musste an all die Tage und Nächte denken, die Parties und Bus-Trips, den Spaß und die Verzweiflung des Teenagerlebens. Am Venice Beach hatten sie sich sogar einmal geküsst. Sonnenuntergang. Die Schreie der Möwen. Sie liebten sich. *Love, ageless, seldom seen by two.*

»Kann ich noch etwas für Sie tun?«, fragte der Kellner.

»Nein, danke«, sagte Bonnie. »Ich fürchte, dass, was ich brauche, haben Sie hier nicht.«

Auf dem Hollywood Boulevard parkte sie in zweiter Reihe vor dem Super Star Grill. In dem mit Kacheln und Chrom dekorierten Raum dröhnte Meatloafs »Bat Out Of Hell« aus den Lautsprechern. Bonnie kaufte sich einen Mega-Chili-Hotdog mit extra Zwiebeln und Kraut und machte ein schöne Sauerei in ihrem Auto. Während sie aß, betrachtete sie sich im Rückspiegel.

Das ist also der Tod, dachte sie. *Eine 34-Jährige mit Chilisoße im Gesicht.* Sie stopfte den letzten Bissen in den Mund und fuhr mit klebrigen Händen los. Schon an der Vine Street konnte sie vor Tränen kaum noch die Straße sehen.

DUKE ENTSCHULDIGT SICH

Das Dutzend Rosen, das auf dem Küchentisch verwelkte, hatte Duke ihr gekauft. Er trug ein ausgebleichtes schwarzes Harley-Davidson-T-Shirt, als er aus dem Garten ins Haus trat und noch den Rauch von seiner letzten Zigarette ausblies. Sie wollte nicht, dass er im Haus rauchte.

»Es tut mir Leid, okay?«, sagte er.

Sie stellte die Einkaufstüten auf die Anrichte. »Was tut dir Leid? Jeder hat mal einen freien Tag verdient.«

»Das mit diesem mexikanischen Hühnchen. Das war ...«

»Idiotisch? Allerdings. Aber das war gestern und heute ist heute und danke für die Blumen. Was haben sie dir dafür abgeknöpft?«

Duke zuckte mit den Achseln und stellte sich dumm. »Die waren sozusagen ... na ja, ich hab nicht viel gezahlt.«

»Wie viel ist nicht viel?«

»Umsonst, okay?«

Bonnie nahm den Strauß vom Tisch. »Du hast ein Dutzend Rosen umsonst gekriegt? Hast du die von einem Grab geklaut, oder was?«

»Rita drüben im Blumenladen. Ich hab ihr von dieser Geschichte erzählt und sie hatte wohl irgendwie Mitleid.«

»Bitte? Und jetzt weiß Rita, dass wir uns über Hühnchen mexikanisch gestritten haben? Wem hast du's denn noch erzählt? Jimmy vom Fernsehgeschäft vielleicht? Karen in ihrem Schönheitssalon? Und wenn ich das nächste Mal einkaufen gehen, stecken die ganzen Glucken die Köpfe zusammen und singen »La Cucaracha.«

Duke schlug mit der Faust auf die Spüle. »Warum musst du immer so verdammt witzig sein, hä? Warum kann ich nicht einmal etwas sagen, ohne dass du einen beschissenen Sketch daraus machst. Ich hab Rosen für dich gekauft, um dir zu sagen, dass es mir Leid tut, oder? Die Rosen kamen von Herzen. Und was sagst du? ›Hast du die von einem beschissenen Grab geklaut?‹«

Vorsichtig legte Bonnie die Rosen wieder auf den Tisch. Es war schon nach sieben, und sie hätte schon längst mit dem Kochen anfangen sollen.

»Gestern um diese Zeit haben sich drei kleine Kinder gerade bettfertig gemacht«, sagte sie.

»Was?«, sagte Duke. Er war offenbar völlig verwirrt. »Was für Kinder?«

»Eines war neun, eines sieben und eines vier Jahre alt. Ich kenne sogar ihre Namen.«

»Na toll. Wovon zum Teufel redest du da eigentlich?«

Sie blickte auf die Küchenuhr. »Das war gestern. Heute sind sie tot.«

»Was?«, sagte Duke wieder. Bonnie kam zu ihm, legte ihre Arme um ihn und drückte ihn fest an sich. »Hey, ich krieg keine Luft.«

»Du musst dich nicht entschuldigen und mir keine Blumen schenken oder irgendwas tun. Ich bin schuld. Ich weiß auch nicht, was mit mir los ist.«

»Du arbeitest einfach zu viel, das ist alles. Warum hörst du nicht mir der Putzerei auf. Das ist doch wirklich keine schöne Arbeit. Wir brauchen die Kohle, das ist mir klar, aber wir könnten dann ja auch den Pick-up verkaufen und so käme dann auch ein bisschen was rein. Und weißt du, was ich noch mache? Ich besorg mir einen Job, okay? Ich schwör's. Egal, was. Ich führ Hunde Gassi, wenn's sein muss. Ich mach alles, ich schwör's.«

»Ich dachte, du kannst Hunde nicht ausstehen.«

»Wollen mir ja nicht alle in den Arsch beißen wie dieser Riesenschnauzer.«

Bonnie musste lachen. Das erste Mal an diesem Tag.

DER NÄCHSTE MORGEN

Sie stand nackt auf den kalten Badezimmerfliesen vor dem Spiegel.

> Größe: Eins vierundsechzig
> Wunschgewicht: sechsundsechzig Kilo
> Realgewicht: dreiundsiebzig Kilo

Ray klopfte an die Tür. »Bist du bald fertig, Mom? Ich verpass noch den Bus.«

»Ich fahre dich.« Es war, als müsse sie sich ansehen, um sich davon zu überzeugen, dass es sie überhaupt gab.

Putzen

Zwei ihrer drei Teilzeitkräfte, Ruth und Esmeralda, halfen ihr an diesem Tag.

Jodie hatte sich den Arm verbrannt und fiel zwei Wochen aus. Ruth trug einen kirschroten Trainingsanzug und hatte sich die Haare mit einem gelben Gummi streng zurückgebunden. Esmeralda war eine untersetzte, schweigsame Mexikanerin. Mit den dunklen Ringen unter ihren Augen sah sie aus, als hätte sie seit Wochen nicht mehr geschlafen. Wie gewöhnlich trug sie auch an diesem Tag Schwarz, und ihre schwarzen Schnürschuhe quietschten nervtötend auf dem Küchenfußboden.

Zusammen rollten sie den Teppich im Wohnzimmer ein. Dafür mussten sie die Couch anheben, die so schwer war, dass sie danach ganz außer Atem waren.

»Ich bin langsam zu alt für diese Arbeit«, schnaufte Ruth.

»Du musst einfach ein bisschen mehr trainieren. Warum kommst du nicht endlich mal zu meiner Tai-Chi-Chùon-Gruppe?«

»Warum sollte ich da hingehen, du gehst ja auch nicht hin.«

»Ich war letzte Woche. Oder die Woche davor? Egal. Man muss sich eben die Zeit dafür nehmen, aber immer geht's nicht. Ich hab einfach so viel zu tun.«

Esmeraldas Stimme klang angespannt, als sie sagte: »Der Fleck hier geht durch bis aufs Parkett.«

Bonnie sah sich die Stelle näher an. Aaron Goodmans Blut war durch das Teppichgewebe und die Unterlage gedrungen und hatte einen kunstvollen braunen Fleck auf dem Holz hinterlassen. *Wie ein Rorschach-Test*, dachte sie.

»Das ist Eiche, also sollten wir das meiste mit Sodiumperborat rauskriegen.«

Esmeralda bekreuzigte sich. »Ich fang dann wohl mal besser mit der Wand an.«

»Bis du sicher? Das ist aber echt ekelhaft.«

»Nein, kein Problem, ich mach die Wand.«

»Irgendwas nicht in Ordnung?«, fragte Bonnie.

»Ich habe Schmerzen im Knie und kann es nicht gut beugen.«

»Das meine ich nicht. Du hast dich bekreuzigt.«

Esmeralda sah sie mit leerem Blick an und machte dann eine wegwerfende Geste. »Aus Respekt vor den Toten. Das ist alles.«

»Okay ... Also, Ruth macht den Boden und ich fange mal mit den Betten an.«

Anderthalb Stunden lang zischte Bonnies Dampfreiniger im Schlafzimmer und dröhnte Ruths Staubsauger im Wohnzimmer und dem Rest der Wohnung. Esmeralda schrubbte energisch im Rhythmus an der Wand.

Normalerweise sang Bonnie bei der Arbeit. »*Love, ageless and evergreen ...*«. Aber in Naomis Schlafzimmer verstummte sie. Sie konnte die blutigen Handabdrücke über dem Bett nicht ansehen, aber wegwischen konnte sie sie auch nicht. Es schien ihr fast, als würde sie durch das Tilgen dieser Spuren auch die letzten schmerzhaften und verwirrten Momente in Naomis Leben auslöschen.

Als hätte all das nie stattgefunden.

Bonnie überlegte, welche letzten Gedanken Naomi über ihren Vater hatte, als sie auf allen vieren über den Boden kroch. Die Vorstellung, dass sie ihn vielleicht um Hilfe angefleht haben könnte, war unerträglich.

Mit Lappen und Desinfektionsspray in den Händen kam Esmeralda in den Raum. »Ich bin fertig mit der Wand«, sagte sie. Und dann wischte sie ohne zu zögern Naomis Fingerabdrücke weg.

Bonnie stellte den Dampfreiniger ab und wartete bis das Gurgeln verebbt war. »Dann kannst du schon mal mit der Couch weitermachen.«

»Will sie etwa die Couch behalten?«

»Das Ding kostet locker tausend Dollar.«

»Ich könnte meine Couch jedenfalls nicht behalten, wenn sich mein Mann darauf umgebracht hätte. Selbst wenn sie zehntausend Dollar gekostet hätte. Das wäre ständig so, als würde ein toter Mann neben einem sitzen.«

»Tja, das werde ich Duke wohl erzählen, wenn die Play-offs wieder losgehen.«

Der Raum war warm und stickig und es stank nach feuchtem Teppich. Bonnie schob das Fenster weit auf. Auf dem Sims stand in einem Terrakottatopf ein kleiner Feigenbaum, den Bonnie vorsichtig zur Seite schob, damit er nicht von den Vorhängen heruntergerissen würde. Etwas Schwarzes, Glänzendes fiel von einem Blatt. Es krümmte sich.

»Uäh!«, machte sie und trat einen Schritt zurück.

»Was?«

»Eine Made oder so was. Ist gerade aus der Pflanze gefallen.«

Esmeralda kam zu Bonnie herüber und starrte in die Pflanzenerde. Eine fette schwarze Raupe begann gerade an der Pflanze emporzukrabbeln. Ihr Körper wand sich bei jeder Bewegung.

»Das ist ja ekelhaft«, sagte Bonnie. »Schau! Da sind noch mehr.« Am Topfrand drängten sich halb verborgen noch fünf Raupen. Sie schienen alle ununterbrochen zu fressen, sodass die Ränder der Feigenblätter fein ausgefranst waren.

Esmeralda bekreuzigte sich zweimal.

»Warum machst du das ständig?«, fragte Bonnie.

»Ich hasse diese Dinger. Sie sind des Teufels.«

»Das sind nur Raupen. Die tun dir doch nichts.«

»Ich hasse sie. Besonders die schwarzen. Die bringen nur Unglück.«

»Du bist so was von abergläubisch, Esmeralda. Noch schlimmer als Ruth. Aber wenn du sie so hasst, dann hol das Permethrin-Spray und kill sie. Mrs Goodman wird jedenfalls kaum begeistert sein, wenn sie sieht, was die Raupen mit ihren Feigen gemacht haben.«

Bonnie warf noch mal einen Kontrollblick durchs Zimmer, um sicher zu gehen, dass sie nichts vergessen hatte. Naomis Bett war abgezogen, am Nachmittag würde sie dann den Rest abholen. Sie würde die Verkleidung abreißen und die Bettgestelle der Kinderwohlfahrt bringen.

Eine warme Brise bewegte die Vorhänge, drückte sie gegen die Feigenstaude. Bonnies Aufmerksamkeit wurde wieder auf die Raupen gelenkt. In ihrem Job hatte sie schon alle möglichen Arten von Maden und Raupen und Insekten gesehen, aber solche noch nie. Vielleicht waren die Eier schon in der Erde gewesen, als Mrs Goodman sie gekauft hatte, und jetzt waren sie gerade erst geschlüpft.

Esmeralda kam mit dem Insektizid herein.

»Moment noch«, sagte Bonnie. »Eine will ich behalten. Vielleicht kann mir Dr. Jacobson sagen, was das für welche sind.«

Sie zupfte einen Einmalhandschuh aus einer Box und blies ihn auf. Dann hielt sie ihn unter ein Blatt, auf dem eine Raupe saß, und schüttelte den Zweig. Die Raupe hielt sich hartnäckig fest, bis Bonnie mit einem anderen Handschuh nachhalf und sie in den Handschuh schnippte. Die Raupe fiel in einen der Finger. Sie stopfte noch ein paar angefressene Feigenblätter dazu und verschloss den Handschuh.

»Soll ja nicht verhungern, oder?«

Esmeralda rümpfte die Nase. »Was willst du überhaupt damit?«

»Ich bin einfach neugierig. Es liegt in meiner Natur, den Dingen auf den Grund zu gehen, das ist alles.«

»Aber es bringt Unglück!«

Esmeralda besprühte die Feige so lange von allen Seiten, bis Bonnie glaubte, in dem Raum ersticken zu müssen.

Eine Raupe nach der anderen wand und krümmte sich, bis alle von den Blättern auf die Fensterbank gefallen waren.

»Ich glaube fast, das macht dir Spaß«, sagte Bonnie.
»Allerdings. Ich kann nicht anders«, sagte Esmeralda und hielt den Spraystrahl voll auf eine noch lebende Raupe. »Da! Stirb, du widerliches Drecksvieh.«

Bonnie ging wieder hinüber ins Wohnzimmer. Sie waren fast fertig. Mithilfe eines kräftigen Mannes, den sie an der Ecke Hollywood und Highland angeheuert hatten, war der große Teppich in handliche Stücke zersägt und auf Bonnies Pick-up verladen worden.

Die Wände waren sauber. Nur das Einschussloch der Schrotflinte zeugte noch von dem Geschehen. Bonnie besserte solche Schäden nicht aus, dafür empfahl sie Kollegen. Die cremefarbene Ledercouch war fleckenfrei, aber die Oberfläche wirkte angegriffen und matt. Der metallische Gestank des Blutes war von einem antiseptischen Geruch verdrängt worden, ein bisschen wie beim Zahnarzt. Ruth hatte überall gesaugt, aber nicht poliert. »Wir putzen, wir reinigen, aber wir sind keine Hausmädchen.«

An der Stelle, an der Aaron Goodman sein Blut vergossen hatte, sah man noch wie einen Schatten den Umriss der Lache. Nur durch ein Austauschen der Bohlen würde man den Rest dieses Fleckens wegbekommen.

Bonnie ging um den Restfleck herum und schien nicht sehr glücklich. »Besser kriegen wir das nicht hin?«

»Ist tief ins Holz eingedrungen. Ich hätte da noch eine stärkere Lauge, aber ich fürchte, die bleicht das Holz aus.«

Bonnie ging immer weiter um den Fleck herum. Sie wusste nicht, warum sie nicht aufhören konnte, ihn anzustarren. Irgendetwas beunruhigte sie. Es war, als würde die Erinnerung an ein Lied, eine Warnung vielleicht, sie nicht zur Ruhe kommen lassen. Die Form. Es war die Form des Flecks. Er sah aus wie eine große Blume – oder wie eine gigantische Motte.

Am selben Abend

Erschöpft und verschwitzt kam Bonnie an diesem Abend nach Hause. Ruth und sie hatten sich nicht nur um das Goodman-Haus, sondern auch noch um eine natürliche Todesursache in Westwood kümmern müssen. Eine Frau Mitte achtzig war friedlich im Schlaf gestorben und erst nach neun Wochen gefunden worden. Ihr Sohn, ein kleiner untersetzter Mann mit pechschwarzem Toupet, rannte die ganze Zeit rastlos durch die Wohnung, während Bonnie und Ruth arbeiteten. Und ständig blickte er auf seine Armbanduhr.

Bonnie hatte der Versuchung widerstanden und ihn nicht gefragt, warum er seine Mutter in neun Wochen nie angerufen hatte.

»Ich wohne in Albuquerque«, hatte er ungefragt geantwortet, als sie am Ende ihre Eimer und Flaschen und Planen wieder verluden.

Bonnie blickte ihn stumm und verbissen an. *Ach so*, dachte sie. *Und in Albuquerque gibt es ja keine Telefone, oder was?* Auf dem Heimweg dachte sie: *Ich hätte ihm die Bettdecken seiner Mutter zeigen sollen.*

Sie trat ins Wohnzimmer. Duke schaute gerade Baseball. Bonnie küsste ihn auf den Kopf. Unwillkürlich strich er sich mit den Fingern die Frisur wieder zurecht.

»Wie war dein Tag, Schatz?«, fragte sie und setzte sich auf die Lehne seines Sessels.

»Ganz gut, glaub ich. Ich hab mit Vincent vom Century Plaza gesprochen. Er hat vielleicht einen Job an der Bar für mich.«

»Na prima. Und was würdest du da machen? Cocktails mixen und so? Ein Frozen Daiquiri? Kommt sofort! Und für Madame eine Pina Colada.«

»Nee. Vor allem eindecken und abräumen und so.«

Bonnie gab ihm noch einen Kuss. »Aber es ist ein Job, stimmt's? Und damit auch ein Anfang.«

»Klar, ein Anfang«, sagte er und beugte sich zur Seite, um an ihr vorbei das Spiel sehen zu können.

Bonnie duschte und zog sich ein gelbes Kleid mit einer gelben Kette an. Ihre Glücksfarbe. In der Küche nahm sie sechs Hühnerschenkel aus dem Tiefkühlschrank.

»Frittiertes Hähnchen okay?«

»Mit Soße?«

Für einen Augenblick musste sie an den Blutfleck auf dem Boden des Goodman-Wohnzimmers denken. »Ja, mit Soße.«

Sie streute Mehl auf einen großen, flachen Teller und gab Salz, Pfeffer und Chilipulver dazu. »Ist Ray schon zu Hause?«

»Ray? Nee, noch nicht.«

»Hat aber nicht gesagt, dass es später wird, oder?«

»Mir hat er gar nichts gesagt.«

»Ralph will, dass ich morgen nach Pasadena fahre.«

»Pasadena? Was sollst du denn in Pasadena?«

»Da ist die Moist-Your-Eyes-Präsentation.«

»Und *er* fährt bestimmt auch, unser Mister Unwiderstehlich, oder?«

»Was hast du nur gegen Ralph? Immer reagierst du so eifersüchtig, wenn es um Ralph geht.«

»Ich mag eben nicht, wie der Kerl dich ansieht. Und sag mir jetzt nicht, dass dir das noch nicht aufgefallen ist. Der zieht dich doch mit den Augen aus.«

Mit mehligen Fingern ging Bonnie zur Wohnzimmertür. »Duke, ein für alle Mal: Ralph Kosherick ist mir egal. Ralph Kosherick war mir schon immer egal und Ralph Kosherick wird mir immer egal sein.«

»Du benutzt seinen Namen dreimal in einem Satz und sagst mir, er ist dir egal?«

Bonnie schaute auf ihre Uhr. »Warum Ray wohl noch nicht da ist? Ich wünschte, er würde anrufen.«

»Ich kann es in seinen Augen sehen. Er macht dir praktisch den BH auf und zieht deinen Slip mit den Zähnen runter.«

»Halt die Klappe, Duke. Ich bin nicht in der Stimmung für solche Sprüche.«

Ray war nicht zur Essenszeit zu Hause, also saßen Bonnie und Duke zum Essen auf dem Sofa vor dem Fernseher. So wie damals, als sie frisch verheiratet gewesen waren.

»Schmeckt gut«, sagte Duke ohne den Blick vom Bildschirm zu nehmen. Soße klebte ihm am Kinn.

Nachdem sie fertig gegessen hatten, brachte Bonnie die leeren Teller in die Küche und nahm einen Schokoladenkuchen aus dem Kühlschrank. Für Duke schnitt sie ein großes und für sich selbst ein etwas kleineres Stück ab, das sie sich gleich in den Mund stopfte. Sie kaute noch, während sie die Essensreste in den Abfalleimer kratzte. Als sie mit Dukes Stück ins Wohnzimmer zurückkehrte, hatte sie geschluckt und sich schon den Mund abgewischt.

»Nimmst du nichts?«, fragte er.

»Du spinnst wohl. Das sind schon dreihundert Kalorien, wenn man nur dran denkt.«

Duke zuckte nur mit den Achseln und biss in seinen Kuchen. Dann deutete er auf den Bildschirm. »Der Typ da. Der hat einen ganzen VW gegessen.«

»Warum das denn?«

»Was weiß denn ich, warum? Warum essen Leute Schokoladenkuchen?«

Bonnie sagte nichts. Sie wusste, warum sie Schokoladenkuchen aß.

Die Türglocke schreckte sie aus dem Tiefschlaf. Sie saß aufrecht im Bett und war sich für einige Augenblicke nicht sicher, ob sie wirklich etwas gehört oder nur geträumt hatte. Aber dann klingelte es erneut. Sie stieß Duke mit dem Ellenbogen an. »Duke. Wach auf«, flüsterte sie. Da ist jemand an der Tür.«

Duke grunzte wie ein Schwein und rappelte sich schließlich hoch. »Was? Wie viel Uhr ist es?«

»Fünf vor halb vier.«

»Was soll die Scheiße?«

Bonnie stieg aus dem Bett, nahm ihren Morgenmantel vom Haken an der Tür und ging aus dem Schlafzimmer. Vom Gang aus erkannte sie die roten und blauen Blinklichter auf der Straße vor ihrem Haus und wusste sofort, dass etwas nicht stimmte.

»Duke!«, rief sie. »Duke! Das ist die Polizei.« Schnell lief sie zur Haustür.

Zwei Polizisten in Uniform warteten draußen. Einer war ein Puertorikaner mit dünnem Schnurrbart, der andere war schwarz.

»Mrs Winter?«, fragte der Schwarze und blendete sie mit seiner Taschenlampe.

»Was ist passiert? Es geht um Ray, oder? Sagen Sie mir, was passiert ist.«

»Machen Sie sich keine Sorgen, Mrs Winter. Ihr Sohn wurde verletzt, aber es geht ihm den Umständen entsprechend gut. Er ist im Augenblick im Krankenhaus. Wir bringen Sie gern hin, wenn Sie wollen.«

»Verletzt? Was meinen Sie mit verletzt?«

Inzwischen hatte Duke in schwarzen Kniestrümpfen und kurzem rosa Bademantel den Weg zur Tür gefunden. »Was ist denn hier los?«, wollte er wissen.

»Mr Winter? Ihr Sohn Ray wurde verletzt. Er ist gerade drüben im Krankenhaus zur Behandlung.«

»Verletzt? Wie? War es ein Autounfall? Mein Sohn fährt noch gar nicht.«

»Nein, Sir. Wie es scheint, wurde Ihr Sohn in eine ethnische Auseinandersetzung verwickelt.«

Duke massierte sich verständnislos mit verkniffenen Augen die Nasenwurzel. »Ethnische Auseinandersetzung? Was heißt das in unserer Sprache? Meinen Sie einen Rassenkrawall?«

»Nicht direkt einen Krawall, Mr Winter. Aber es geht um einen rassistisch motivierten Angriff, ja.«

»Wie viele waren es?«

»Wie bitte?«

»Sie haben mir gerade gesagt, dass mein Sohn das

Opfer eines rassistisch motivierten Angriffs war, und ich möchte wissen, wie viele es waren?«

»Ungefähr siebzehn, soweit wir wissen, aber Ihr Sohn war nicht ...«

»Siebzehn? Siebzehn Schwarze gegen einen weißen? Heilige Scheiße!«

»Mr Winter. Ihr Sohn wurde nicht von siebzehn Afroamerikanern angegriffen. Ihr Sohn gehörte zu den siebzehn, die in den Kampf verwickelt waren. Elf Weiße und sechs Mexikaner. Keine Afroamerikaner. Alle Beteiligten trugen Verletzungen davon, meist Stichwunden und Quetschungen. Einer wird wohl ein Auge verlieren. Vierzehn sind nicht mehr in Behandlung. Drei, darunter Ihr Sohn, sind noch im Krankenhaus.«

»Ray hat Mexikaner angegriffen? Haben wir das richtig verstanden?«, fragte Bonnie.

Der schwarze Polizist nahm sein Notizbuch und schlug es auf. »Elf weiße Jugendliche betraten die X-Cat-Ik-Pool-Bar Downtown, kurz darauf begann die Schlägerei. Wir haben drei Messer, eine Machete und einen Baseballschläger sichergestellt. Unglücklicherweise behaupten alle Gäste der Bar, nichts gesehen zu haben, obwohl kein Zweifel daran bestehen kann, dass der eigentliche Angriff rassistisch motiviert war.«

»Nein, das muss ein Irrtum sein. Mein Ray hat mit solchen Sachen nichts zu tun«, sagte Bonnie.

»Das sind die Fakten, Mrs Winter.«

Duke war rot angelaufen, Bonnie legte ihm einen Hand auf den Arm. »Sagen Sie uns einfach, wo er liegt, dann finden wir ihn schon selbst.«

Der junge Held

Ray lag in einem blassgrün gestrichenen Raum am Ende eines langen, widerhallenden Flurs. Eine Neonröhre in seinem Zimmer flackerte und machte ein penetrant summendes Geräusch wie eine gefangene Schmeißfliege.

Sein Kopf war bis unter das Kinn in einen weißen Verband eingewickelt. Von einem Arm sah man nur dunkelrot verfärbte Fingerspitzen, der Rest war bis zur Achsel in Gips.

Seine Augen waren gelb und rot und dick wie Pflaumen, seine Lippen in etwa wie mit rotem Gummi nachgeformt.

Als Bonny und Duke eintraten, war eine asiatische Schwester mit nikotingelben Fingern gerade damit beschäftigt, bei Ray den Blutdruck zu messen. »Sind Sie beide die Eltern?«

Bonnie nickte und ging um das Bett herum zu Ray. »Liebling, was ist denn bloß passiert?«

»Gebrochenes Handgelenk, Prellungen, Schürfwunden, drei angebrochene Rippen, ein verstauchter Knöchel, drei gebrochene Zehen und eine leichte Gehirnerschütterung«, sagte die Schwester. »Hätte aber noch schlimmer kommen können.«

»Es hätte *schlimmer* kommen können?«, sagte Duke.

»Selbstverständlich. Immerhin wurde er mehrfach in den Unterleib getreten. Das hätte durchaus einen Riss des Zwerchfells zu Folge haben können. Ein weiterer Tritt traf ihn am Kopf hinter dem rechten Ohr. Für die nächsten Tage wird er da eine ziemlich große Beule haben.«

Bonnie setzte sich aufs Bett und nahm Rays Hand. »Ray, was machst du denn für Sachen? Du bist doch nicht etwa in einer Gang, oder? Wir dachten, du würdest zum Essen kommen.«

Duke stand nur stumm mit fest verschränkten Armen am Bett und machte dieses Ich-kau-nur-ganz-ruhig-meinen-Kaugummi-Gesicht, das er immer machte, wenn er dachte, dass es besser war, den Mund zu halten.

»Es tut mir so Leid, Mum«, sagte Ray. »Ich hätte echt nicht gedacht, dass es so weit geht.«

»Was hast du dir denn überhaupt dabei gedacht, zu dieser Bar zu gehen?«

»Na, weil da die ganzen mexikanischen Kids rumhängen.«

»Und? Haben die dir je was getan? Um Gottes willen, Ray. Die Polizei sagt, ihr hattet Messer und Baseballschläger dabei.«

»Mum, das waren doch Mexikaner.«

»Dann waren es eben Mexikaner. Ich verstehe es einfach nicht. Warum habt ihr die so brutal angegriffen?«

»Weil die doch an allem Schuld sind.«

»Entschuldige, wahrscheinlich bin ich einfach zu blöd, aber ich verstehe es immer noch nicht.«

»Dann schau dir doch nur Dad an! Die kommen

hierher und nehmen uns Amerikanern die Jobs weg, und darum sind doch alle arbeitslos.«

»Du hast wildfremde Mexikaner verprügelt, weil andere wildfremde Mexikaner deinem Vater den Job weggenommen haben?«

»Ja«, sagte Ray. Er musste husten und krümmte sich vor Schmerz. »Sieh dich doch an, Mum. Sieh euch beide an. Was ist aus euch geworden, weil Dad keinen Job hat? Dad frisst alles in sich rein, du musst Leichenreste aufkratzen, immer streitet ihr, und das alles nur wegen diesen Mexikanern.«

Bonnie konnte nur ungläubig den Kopf schütteln. »Was geht nur in deinem Kopf vor? Und wenn du jemanden umgebracht hättest? Dann würdest du jetzt für den Rest deines Lebens ins Gefängnis wandern. Oder jemand hätte dich umbringen können. Schau dich nur an. Viel gefehlt hätte nicht.«

Bebend vor Wut stand sie auf. »Du bist mein Sohn, mein einziger Sohn, Ray. Und ich habe dich anständig erzogen, dir gezeigt, was richtig und falsch ist. Dass dein Dad seinen Job verloren hat, war unfair und vielleicht ging es auch nicht mit rechten Dingen zu. Aber das gibt dir noch lange nicht das Recht, wahllos Mexikaner anzugreifen wie ... wie ein verdammter Nazi. Das kann ich nicht akzeptieren, verstanden. Mein Sohn tut so etwas nicht. Ich warne dich, Ray.«

Duke nahm ihren Arm und versuchte sie zurückzuhalten. »He Bonnie, mach mal halblang. Sieh ihn dir an, er ist doch schon bestraft genug.«

»Denkst du das im Ernst? Dein Sohn ist mit Messer und Schläger losgezogen, um unschuldige Leute mit Vorsatz anzugreifen!«

»He, also Moment mal, okay? Unschuldige Leute? Woher weißt du, dass sie unschuldig waren? Diese Mexikaner arbeiten alle schwarz, zahlen keine Steuern, verticken Drogen und schmuggeln alles mögliche Zeug. Die würden auch ihre eigene Schwester verkaufen, jedenfalls die meisten. Von wegen unschuldig. Und woher bist du dir überhaupt so sicher, wer hier wen angegriffen hat, hä?«

Bonnie starrte ihn an. »Ich glaube einfach nicht, was ich da höre.«

»Ich sag ja nur, dass du fair sein musst, Süße. Du kannst den Jungen nicht so angehen, wenn du nicht alle Fakten kennst.«

»Fair? So langsam kapiere ich, worum es hier geht. Du bist stolz auf ihn, stimmt's? Du bist wirklich stolz auf ihn. Für dich ist er so eine Art Held, was? Weil er dich verteidigt hat und du nie damit gerechnet hättest und jetzt bist du so verdammt stolz auf deinen Sohn.«

»Bonnie, also ...«

»Vergiss es, Duke. Diesen bigotten Dreck hör ich mir nicht länger an. Ich geh nach Hause. Ray, hast du schon mit den Cops geredet?«

Ray schüttelte nur stumm den Kopf.

»Dann sprich mit niemandem ein Wort. Nicht mit den Cops, nicht mit den Ärzten, mit niemandem, verstanden? Warte, bis ich mit ein paar Leuten downtown geredet habe. Eigentlich sollte ich morgen in Pasadena sein, aber das kann ich absagen. Also kein Wort, klar? Und denk dran, den Schwestern zu sagen, dass du allergisch gegen Brokkoli bist.«

Ray wandte sich ab. Bonnie war klar, dass er noch nicht bereit war, sich zu entschuldigen. Sein Vater grunzte etwas Ermutigendes und klopfte ihm auf die Schulter. Dann folgte er Bonnie aus dem Zimmer in den Flur.

Erst im Fahrstuhl machte er den Mund auf. »Mein Gott, Bonnie. Das ist Amerika. Das hat dieses Land immer stark gemacht, dass man für seine Ideale kämpft. Heutzutage traut sich das nur keiner mehr, wegen all dieser beschissenen Minderheiten. Wusstest du, dass Dave Guthrie gerade seinen Job an so einen Tortilla-Fresser verloren hat? Warum klingeln die nicht einfach bei uns an der Tür und schleppen unsere Möbel raus?«

»He, Davy Crockett, für heute reicht's mir wirklich.«

Ralphs Worte

»Es tut mir wirklich Leid, Bonnie, aber wenn du diesen Trip nach Pasadena nicht machen willst, dann muss ich mir über kurz oder lang jemanden suchen, der verlässlicher ist. Verstehst du, was ich meine?«

»Du schmeißt mich raus.«

»Bonnie, ich muss mich einfach zu hundert Prozent auf meine Mitarbeiter verlassen können.«

»Ralph, sei doch nicht so herzlos. Ray liegt zusammengeschlagen im Krankenhaus, und jetzt will ihn die Polizei auch noch für bewaffneten Überfall anklagen.«

»Ich verstehe das, Bonnie, ich verstehe das wirklich sehr gut, aber bei dieser Reise geht es um Gewinn und Verlust.«

»Es geht nicht, Ralph. Also wenn du mich rausschmeißen musst, dann musst du mich rausschmeißen, aber meine Familie hat Vorrang.«

Für einige Sekunden herrschte Schweigen. Dann sagte Ralph: »Ich bin enttäuscht, Bonnie. Du ahnst gar nicht, wie enttäuscht ich bin.«

Was sie mit ins Krankenhaus nahm

Auf dem Weg ins Krankenhaus hielt sie an einem kleinen Supermarkt und kaufte:

- drei Pfirsiche
- eine Mega-Flasche Dr. Pepper
- eine Packung Rainbow-Chips Deluxe
- eine Colgate-Zahnbürste mit Schwingkopf
- eine Tube Zahnpasta
- eine Box Menthol-Kleenextücher
- die aktuelle Ausgabe einer Fernsehzeitschrift, die sich auf Soaps spezialisiert hatte

HERR DER FLIEGEN

Am Morgen wachte Bonnie fast eine Stunde an Rays Bett. Sein Gesicht war noch immer geschwollen, seine Prellungen hatten sich lila verfärbt. Weil er sich aber von der Gehirnerschütterung erholt hatte, wirkte er wesentlich lebhafter als am Tag zuvor.

Ray sah fern, während Bonnie über ihre Kontakte zur Polizei herauszufinden versuchte, wer den Einsatz an der X-Cat-Ik-Pool-Bar geleitet hatte und ob Anklage erhoben werden würde.

»Würdest du den Ton bitte leiser machen?«, sagte Bonnie und steckte sich einen Finger ins Ohr.

»Was?«

»Leiser. Den Ton. Ich versuche gerade, dir Ärger vom Hals zu halten.«

Als der Akku ihres Mobiltelefons schon beinahe den Geist aufgab, bekam sie doch noch Captain O'Hagan in die Leitung.

Außer »tja« und »mmh« und »gut, gut« sagte er nicht viel, aber am Schluss des einseitigen Gesprächs machte er doch noch ein Angebot. »Ich kann dir nichts versprechen, Bonnie, aber ich schau mir das Protokoll mal an und mach ein bisschen Origami damit, okay?«

»Ich bin dir was schuldig, Dermot.«

»Noch nicht. Aber wenn's so weit ist, kannst du deinen süßen Hintern drauf verwetten, dass ich's auch eintreibe.«

Sie klappte ihr Telefon zu. »Okay Ray, das wär's. Vielleicht kommst du doch mit einem blauen Auge davon.«

»Danke Mom. Echt toll. Kommt Daddy heute vorbei?«

»Er wollte zumindest, aber heute Morgen hat er noch ein Vorstellungsgespräch. Als Barkeeper drüben im Century Plaza.«

»Ohne Witz?«

Bonnie lächelte, erhob sich vom Bett und blickte für einige Augenblicke auf Ray hinunter, der sich wieder dem Fernsehen zugewandt hatte. Kennt man seine Kinder? Oder denkt man nur, sie seien wie man selbst? In Ray steckte viel von Duke. Vielleicht mehr, als Bonnie sich je eingestanden hatte. Sie küsste ihn sanft auf die Wange und verließ den Raum. Er reagierte nicht, sagte nicht einmal auf Wiedersehen.

Sie fuhr zur Universität von Los Angeles. Weil die Morgenluft schon sehr warm war, ließ sie alle Fenster ihres Autos herunter. An der Kreuzung Wilshire und Beverly Glen musste sie vor einer roten Ampel halten, und neben ihr kam ein goldenes Mercedes Cabriolet zum Stehen, in dem ein Mann um die fünfzig mit Sonnenbrand auf der Glatze saß.

»Süße«, rief er, »du gefährdest den Straßenverkehr, ist dir das klar?«

Bonnie wandte sich ab und sah in die andere Richtung. Zugegeben, ein Teil Seitenverkleidung ihres Wagens hatte sich gelöst und flatterte im Wind, und beim Gasgeben an Ampeln erzeugte der Electra ein blaue Rauchwolke, aber abgesehen davon war er noch gut in Schuss.

Nachdem der Mann keine Antwort erhalten hatte, lehnte er sich über den Beifahrersitz. »Weil ich nämlich meine Augen nicht von dir lassen kann.«

Die Ampel schaltete auf Grün und Bonnie fuhr mit durchdrehenden Reifen und einer ohrenbetäubenden Fehlzündung an. Der Mercedes hängte sich locker an sie dran. Hin und wieder sah sie im Rückspiegel die zu einem Lächeln gebleckten unnatürlich weißen Zähne des Mannes. Kurz bevor sie den Campus erreichte, bog er in Richtung Bel Air ab und hupte noch einmal zum Abschied. Als er nicht mehr zu sehen war, betrachtete sich Bonnie im Rückspiegel. Und die Frau, die sie da sah, war ihr so fremd wie ihr eigener Sohn.

Dr. Jacobsons Labor war eine aus Zedernholz errichtete Baracke auf der Rückseite der eigentlichen Naturwissenschaftlichen Fakultät. Bonnie hielt direkt vor dem Labor. Als sie ausstieg, hörte sie das traurige Gurren einer Taube im Baum über ihr. An der Tür hing ein kleines Schild mit der Aufschrift »Entomologisches Institut – Bitte Türen immer geschlossen halten«.

Durch drei dieser hermetischen Stahltüren, die alle krachend hinter ihr ins Schloss fielen, musste Bonnie durch, bevor sie das Labor erreichte. Drinnen war es schwül und der erstickende Dunst verrottender Pflanzen lag in der Luft. An den Wänden standen Reihen von Terrarien mit allen möglichen Insekten: Stab- und Wanderheuschrecken, Gottesanbeterinnen, fette Maden. In anderen Vitrinen sah sie tote Schmetterlinge und Falter, Diagramme und Fotos an den Wänden erläuterten Arten und Familien und zeigten Details von Fliegen und Larven.

An einem Tisch in der Mitte des Raums saß eine junge Frau mit langen dunklen Haaren und einer runden Brille. Offenbar konzentrierte sie sich darauf, etwas mit einer Pipette in Kartons zu füllen. Bonnie ging ein paar Schritte auf den Tisch zu, bis sie auf den Boden des Kartons sehen konnte. Dort saß die größte und haarigste Spinne, die sie je in ihrem Leben gesehen hatte. Sie bebte, als würde sie zum tödlichen Sprung ansetzen. »Wie heißt die?«, fragte Bonnie und rümpfte die Nase.

»Chelsea«, sagte die junge Frau, ohne aufzublicken.

»Ungewöhnlicher Name für eine Spinne, oder?«

»Na ja, ist persönlicher als *Aponopelma*.«

»Ist Dr. Jacobson da? Wir hatten uns um halb elf verabredet, aber ich bin ein bisschen spät dran.«

»Er ist da hinten. Gehen Sie einfach durch.«

Dr. Howard Jacobson saß in einem sonnendurchfluteten Büro vor seinem Computerbildschirm und hackte auf die Tastatur ein. Er war ein großer, hagerer Mann mit hervorspringenden blauen Augen und buschigem schwarzem Haar, und als er Bonnie erblickte, hüpfte er von seinem Stuhl wie ein Springteufel. »Bonnie! Komm rein! Das ist ja eine Freude! Wie wär's mit Kaffee?«

»Gern. Ich könnte jetzt einen brauchen.«

»Wie geht's denn meiner Lieblingsreinemachefrau so? Ich glaube, wir haben uns seit dieser Axtmordgeschichte nicht mehr gesehen. Mein Gott, all das Blut! Und die Eingeweide! Uuähh! Du kannst so was einfach aufwischen, aber mir dreht's schon den Magen um, wenn ich nur daran denke.«

Bonnie räumte einen Stuhl von Papier frei, setzte sich und legte die Hand an die Stirn.

»Geht's dir auch gut?«, fragte Howard.

»Bis auf ein paar Probleme zu Hause ist alles okay. Mein Sohn liegt gerade im Krankenhaus. Nichts Lebensbedrohliches, aber mir reicht's trotzdem.«

»Schnupfen?«

»Schlägerei.«

»Zu blöd. Aber so sind Jungs nun mal, oder? Ich hab mich zu meiner Zeit immer mit irgendjemandem geprügelt. Für die anderen Kinder war ich nur ›Käfer-Kid‹, und am liebsten haben die sich auf meinen Kopf gesetzt und mir ins Ohr gefurzt. Ein Wunder, dass ich überhaupt noch was höre.«

»Außerdem hab ich gerade meinen Job bei Glamorex verloren. Glaube ich jedenfalls. Na, mal sehen.«

Howard reichte ihr einen Kaffeebecher, auf dem stand: FRAG DICH NICHTS, WAS DU NICHT SCHON WEISST.

»Ich störe dich doch nicht bei der Arbeit, oder?«, fragte sie.

»Nein, du störst doch nie. Ich überarbeite nur gerade meinen neuesten Artikel. ›Wie das Eindringen der Sarcophagidae-Larve zur Feststellung des Todeszeitpunkts herangezogen werden kann.‹ Erst lesen, dann essen. Außer man will sowieso abnehmen. Viel zu tun?«

»Ziemlich. Menschen bringen sich gegenseitig um und jemand muss die Sauerei ja wegmachen.«

»Am Telefon hast du gesagt, es gäbe da etwas Interessantes, das du mir zeigen wolltest.«

»Tja, ich weiß nicht. Vielleicht ist es gar nichts. Ich hab so was nur noch nie gesehen.«

Damit übergab sie Howard eine braune Papiertüte.

Er schob die Tastatur seines Computers zur Seite und schüttete den Inhalt vorsichtig auf die Schreibtischplatte: Feigenblätterreste und eine schwarze Raupe. Die rollte einmal um die eigene Achse und schob sich dann langsam über ein Blatt Millimeterpapier.

Howard ging mit dem Gesicht bis auf wenige Zentimeter an die Raupe heran, nahm dann eine Lesebrille aus der Schublade, setzte sie sich auf die Nasenspitze und betrachtete das Insekt aus noch kürzerer Distanz.

»Erst wollte ich es gar nicht herbringen, weißt du. Es erschien mir nicht mehr wichtig, nachdem Ray ins Krankenhaus gekommen ist und so. Aber dann dachte ich, bevor es stirbt ...«

»Natürlich, klar. Ich bin froh, dass du's doch geschafft hast. Wo hast du sie doch gleich gefunden?«

»An einem Feigenbaum. Es waren so sechs bis sieben. Wahrscheinlich hast du im Fernsehen was über die Geschichte gesehen. Der Typ auf der De Longpre, der seine drei Kinder und sich selbst erschossen hat. Der Feigenbaum stand auf einem Fensterbrett im Kinderzimmer.«

Howard stupste die Raupe mit der Fingerspitze an, damit sie nicht unter den Computer kroch. »Na, du bist ja ein außergewöhnlicher kleiner Kerl.«

»Vor ein paar Tagen hab ich so was schwarzes Falterartiges auch an einem anderen Tatort gefunden. Und als ich das da sah, dachte ich, das ist irgendwie seltsam. Keine Ahnung, ob das was mit den Fällen zu tun hat.«

»Du hast mir nicht zufällig auch das schwarze Falterartige mitgebracht?«

Bonnie schüttelte den Kopf. »Ich kann dir nicht einmal sagen, ob es so ähnlich aussah wie das hier. Es kam mir eben nur irgendwie seltsam vor.«

»Es ist in der Tat seltsam, Bonnie. Sogar sehr seltsam. Der kleine Kerl sieht aus wie *Parnassius mnemonsyne*, der Apollofalter. Ein großer Schmetterling. Er hat weiße Flügel mit schwarzen Punkten. Das dunkle Exemplar hier auf dem Tisch ist ein Weibchen. Bei den Männchen werden die Flügel im Laufe des Lebens fast durchsichtig.

Das eigentlich Seltsame ist, dass *Parnassius mnemonsyne* nur an zwei Orten auf der Welt vorkommt: In den europäischen Alpen und in der Region Chichimec im Norden Mexikos. Warum diese Art ausgerechnet nur in diesen weit voneinander entfernten Gebieten lebt, weiß kein Mensch. Aber es ist die gleiche Art, daran besteht kein Zweifel. Ich hab ein paar Exemplare im Labor. Willst du sie dir anschauen?«

»Nein danke«, sagte Bonnie. »Ich will nur wissen, warum die Viecher an den Tatorten herumkrabbeln.«

»Ich weiß auch nicht. Allerdings ranken sich in der alten Kultur der Azteken ein paar gruselige Legenden um den Apollofalter. Natürlich purer Aberglaube.«

»Was für Legenden?«

Howard Jacobson sah ihr in die Augen. »Du glaubst doch nicht an solchen Quatsch, oder? Du glaubst doch wohl nicht, dass diese Raupen etwas mit den Morden zu tun haben?«

»Keine Ahnung. Nein, eigentlich nicht. Ich bin nur so betroffen und kann einfach nicht begreifen, wie ein Vater seinen Kindern so etwas antun kann?«

»Tja, ich bin auch kein Psychiater. Ich bin nur Käfer-Kid, wie du weißt.«

»Was für Legenden?«

»Bonnie. Das ist finsterster Aberglaube. Vergiss es.«

»Was für Legenden?«

»Na gut: Dieser Legende nach nimmt die Dämonin Itzpapalotl am Tage die Gestalt eines weißen Schmetterlings an, eben dieses Apollofalters. Unter den Azteken war Itzpapalotl der gefürchtetste aller Dämonen, eine Kreuzung aus Insekt und Monster. Die Ränder ihres Flügels bestanden aus Obsidianklingen und ihre Zunge war ein Opfermesser.

»Die Dämonin konnte sich verkleiden, dann trug sie ein Gewand, ein *naualli*, das sie wie einen normalen Schmetterling aussehen ließ.

»Itzpapalotl war die Herrin der Hexen und sie wachte über die schrecklichen Menschenopfer. Im aztekischen Kalender gab es dreizehn Unglückstage, die ihr zugeschrieben wurden. Sie war die Anführerin einer riesigen Schmetterlingsarmee, allesamt aus dem Totenreich auferstandene Hexen, die sie im Flug über Wälder und Städte führte.«

»Und was ... was hat sie getan?«

»Sie trieb die Menschen in den Wahnsinn, sodass sie ihre Liebsten töteten.«

Bonnie starrte in ihre Teetasse, als wüsste sie nicht, was sie in den Händen hielt.

»Vielleicht einen Keks?«, fragte Howard. »Ich hab da eine hervorragende Sorte mit Pekannüssen ...«

Die Wilden und die Widerspenstigen

Um elf Uhr dreißig hatte Bonnie eine Verabredung am Lincoln Boulevard in Santa Monica. Hier war der Schauplatz eines gemeinschaftlichen Selbstmords, und Bonnie sollte nach Besichtigung einen Kostenvoranschlag machen. Eigentlich hätte sie den Anwalt der Hinterbliebenen vor dem Haus treffen sollen, aber gerade als sie vorfuhr, rief der Anwalt an, um zu sagen, dass er sich verspäten würde. Seine Stimme klang, als würde er sich die Nase zuhalten.

»Verspäten? Wie lange brauchen Sie noch?«, fragte Bonnie.

»Sagen wir zwanzig Minuten.«

»Okay. Aber in einundzwanzig Minuten bin ich weg. In zwanzig Minuten und dreißig Sekunden bin ich auch weg.«

Sie saß in ihrem Wagen, hörte Radio und tippte im Rhythmus der Countrymusik auf ihr Lenkrad. Vielleicht sollte sie wieder einmal ihre Mutter besuchen, dachte sie. Sie hatte ein schlechtes Gewissen. Wegen ihrer Mutter hatte sie eigentlich immer ein schlechtes Gewissen, selbst wenn sie sie zweimal in der Woche besuchte. Es war, als läge eine ewig unausgesprochene Frage zwischen Mutter und Tochter. Eine Frage, die nie beantwortet werden würde. Eine Frage, die Bonnie nicht einmal kannte. Die Beziehung zu ihrer Mutter war wie eines dieser kryptischen Kreuzworträtsel, die nicht den kleinsten Hinweis auf die Lösung gaben.

Sie tippte die Nummer ihrer Mutter in ihr Mobiltelefon und legte sofort wieder auf, kaum dass ihre Mutter sich mit einem »Hallo« gemeldet hatte. Vielleicht wäre es besser, sie zu überraschen. Vielleicht wäre es besser, sie überhaupt nicht zu besuchen. Nein, wäre es nicht, dachte sie. Sie musste.

Der gemeinschaftliche Selbstmord hatte in einem weiß gestrichenen Eckhaus stattgefunden. Die Farbe blätterte schon ab, der Rasen war ungepflegt, die Vorhänge waren verschlissen, ein umgekippter Einkaufswagen lag im Vorgarten. Die Kiefer im Garten warf einen dunklen Schatten auf das Haus und verstärkte das unheimliche Gefühl, dass an diesem Ort eine Tragödie stattgefunden haben musste.

Zwei Fenster im ersten Stock waren mit Spanplatten vernagelt, der obere Rand des linken Fensters war stark verrußt. Die schwarze Spur sah aus wie ein wehender Schal. Bonnie wusste über den Fall nur, was Lieutenant Munoz ihr am Telefon erzählt hatte: Eine siebenundvierzigjährige Witwe hatte offenbar eine Affäre mit ihrem fünfzehnjährigen Neffen begonnen. Der Bruder der Witwe fand es heraus und drohte damit, die Polizei zu rufen und sie wegen Kindesmissbrauchs anzuzeigen. Noch in derselben Nacht legten sich die Witwe und ihr Neffe zusammen auf ein großes Bett im ersten Stock, übergossen sich mit zwanzig Litern Premium-Plus-Benzin, und zündeten sich eng umschlungen an.

Bei lebendigem Leibe zu verbrennen ist nicht romantisch. Der Junge war vom Bett aufgesprungen und wahnsinnig vor Angst und Schmerz im Zimmer herumgerannt. Dabei hatte er die Vorhänge in Brand gesetzt. Dann war er immer noch brennend die Treppe heruntergestürmt und hatte versucht, aus dem Haus zu kommen. Zu diesem Zeitpunkt müssen seine Finger aber schon so verkohlt gewesen sein, dass er nicht mehr in der Lage war, den Riegel zurückzuschieben und den Türgriff zu drehen. Die Feuerwehr fand ihn gegen die Tür gelehnt. Sein Leichnam klebte an der geschmolzenen Türfarbe wie ein verschrumpelter, grinsender Affe. Die Witwe war fast restlos verbrannt und ihre Überreste kaum von denen des Bettes zu unterscheiden. So wurde sie mit ihrer Matratze in einer Urne beigesetzt.

Bonnie sah auf die Uhr. Der Anwalt hatte noch genau vier Minuten Zeit. Sie war in Schweiß gebadet und so hungrig, dass ihr fast übel wurde.

Sie war gerade dabei den Schlüssel im Zündschloss zu drehen, als an der gegenüberliegenden Straßenseite ein rotes Porsche Cabriolet hielt, aus dem ein sonnengebräunter blonder Mann in weißen Shorts sprang. Unter dem Arm trug er zwei Tennisschläger. Er erinnerte Bonnie an irgendwen, aber ihr fiel nicht ein, an wen.

Auf dem Weg zum Nachbarhaus hielt der blonde Mann plötzlich an, drehte sich um, nahm die Sonnenbrille kurz ab, setzte sie wieder auf und kam auf sie zugelaufen. »Entschudigung, aber kann ich Ihnen irgendwie helfen?«

»Ich komm schon klar, danke.«

Er legte eine Hand an den Türrahmen des Electra. Sein gebräunter Arm hatte feine, goldenen Härchen. Am Handgelenk trug er eine Rolex.

»Wissen Sie, was hier passiert ist?«, fragte er.

Sie war sich jetzt absolut sicher, dass sie sich schon einmal begegnet waren. Dabei gab es in ihrem Leben eigentlich gar keine Gelegenheiten, Männer dieser Kategorie kennen zu lernen. Sie wollte sich von ihm abwenden und starrte dann doch auf seine kräftigen Waden und die Beule vorn in seiner strahlend weißen Tennishose. Sie fühlte sich ertappt, hob den Blick und sah sich selbst in seiner voll verspiegelten Sonnenbrille. Zweimal. Plump, schwitzend, verzerrt.

»Allerdings weiß ich das.«

»In den letzten Tagen kamen hier immer wieder Gaffer vorbei. Leute, die aus ihrem Wagen steigen, sich die Nasen an den Fenstern platt drücken und sich anschließend gegenseitig im Vorgarten fotografieren. Eine Familie hat sogar gepicknickt. Mit Grill und allem drum und dran. Können Sie sich das vorstellen? Kalte Hühnerbeine.«

»Und jetzt denken Sie, ich wäre auch so ein Gaffer?«

»Was hier passiert ist, war eine menschliche Tragödie. Und ich sage nur, dass man solchen Tragödien mit mehr Respekt begegnen sollte.«

»Verstehe.«

»Also ...«, er machte eine Art winkende Geste, »... dann möchte ich Sie nicht länger aufhalten.«

In diesem Moment wusste sie, wer er war. »Sie sind Kyle Lennox!«, sagte sie aufgeregt. »Jetzt hab ich's. Kyle Lennox. Von *Die Wilden und die Widerspenstigen!*«

»Genau. Ich bin Kyle Lennox von *Die Wilden und die*

Widerspenstigen, aber das ändert gar nichs. Ich wohne hier, und meine Nachbarn und ich haben die Schnauze voll von ... Hyänen wie Ihnen. Ich habe Mrs Marrin gekannt. Sie war eine gute Freundin von mir. Und ihren Neffen kannte ich auch. Was glauben Sie eigentlich, was hier abläuft? Eine Wiederholung der besten Szenen?«

»Nein, nein.« Bonnie holte ein Visitenkarte aus dem Handschuhfach und reichte sie ihm. »Deshalb bin ich hier, Mr Lennox. Ich warte hier auf den Anwalt der Hinterbliebenen, um ihm einen Kostenvoranschlag für die Reinigung zu machen.«

Kyle Lennox hob wieder seine Sonnenbrille und besah sich die Karte. Er hatte die blauesten Augen, die Bonnie jemals gesehen hatte. Schon auf dem Bildschirm sah er gut aus, aber hier in Fleisch und Blut ... Sie gab sich alle Mühe, nicht wieder auf seine Tennishosen zu starren.

»Also ehrlich«, sagte er, »das konnte ich ja nun wirklich nicht ahnen. Tut mir Leid.«

»Kein Problem. Ich kann gut verstehen, dass man nervös wird, wenn die eigenen Nachbarn auf diese Weise ums Leben kommen.«

»Nein, nein. Ich habe sie als Gaffer beschimpft, und dafür möchte ich mich entschuldigen.«

»Das müssen Sie nicht. Die Vermutung lag ja wirklich nahe.«

»Ich hab mir nie überlegt, dass es spezielle Reinigungskräfte, also eher Reinigungsfirmen gibt, die nach Selbstmorden und so aufräumen. Ist das denn nicht Aufgabe der Polizei?«

»Die verstehen nicht genug davon. Und ein Wischmop mit Eimer reicht in solchen Fällen nicht.«

»Meine Güte. Wer kommt auf so etwas? Sie haben wohl schon ein Menge scheußlicher Sachen gesehen, oder?«

»Hin und wieder schon. Meistens sind nur Flecken übrig.«

»Meine Güte. Und zu wie vielen ... Tatorten gehen Sie so in der Woche?«

»Vier. Manchmal mehr. Irgendwer bringt ständig irgendwen um.«

»Meine Güte. Was war denn so das Schlimmste, das Sie jemals gesehen haben?«

Bonnie deutete auf die Visitenkarte, die Kyle Lennox immer noch in der Hand hielt. »Wären Sie vielleicht so nett, mir darauf ein Autogramm zu geben? Ich bin ein großer Fan Ihrer Serie. Bitte schreiben Sie ›Für Duke‹. Das ist mein Mann. Der ist schon kein Fan mehr, sondern eher ein Jünger.«

»Klar. Haben Sie was zu schreiben?«

Bonnie gab ihm den zerkauten Kugelschreiber von ihrem Klemmbrett und er signierte schwungvoll. »Bitte sehr: Für Duke – Jeder kann *wild und widerspenstig* sein.«

»Also widerspenstig ist er. Richtig wild hab ich ihn allerdings schon länger nicht mehr erlebt.«

In diesem Augenblick hielt einige Meter hinter Bonnie ein metallicgrüner Coupe de Ville, aus dem ein kleiner Mann mit rotbraunen Haaren stieg. Er schlüpfte in ein beiges Sportsakko und winkte Bonnie freundlich zu.

»Der Anwalt?«, fragte Kyle Lennox.

»Nehme ich an«, sagte Bonnie und stieg aus.

»Dann verzieh ich mich lieber. Es war wirklich hochinteressant, Sie kennen zu lernen, Bonnie. Noch mal nichts für ungut für das Missverständnis. Ich hoffe, Sie können mir noch mal verzeihen.«

»Nein wirklich. Vergessen Sie's einfach.« Bonnie lächelte ihn an. Erst als sie neben ihm stand, wurde ihr bewusst, wie groß er war. Und dass er nach Jugend und Kraft und Sonne und *Hugo* roch. Ihm verzeihen? Sie hätte ihm sogar verziehen, wenn er sie öffentlich der Unzucht mit dem Satan persönlich geziehen hätte.

Er lief zurück über die Straße, und sie sah ihm nach. Seinen federnden Gang schrieb sie großer Fitness und teuren Tennisschuhen zu. Der Anwalt der Hinterbliebenen stand plötzlich neben ihr. »Ist das nicht ...«

»Ja. Er ist es. Und er hat mir gerade ein Autogramm gegeben.«

»Meine Frau dreht durch, wenn ich ihr das erzähle. Ich bin übrigens Dudley Freeberg von Freeberg, Treagus und Wolp.«

»Freut mich, Mr Freeberg.«

»Ganz meinerseits«, sagte Freeberg und grinste sie selig an.

Asche zu Asche

Wie in allen Häusern, in denen Menschen eines gewaltsamen Todes gestorben waren, herrschte auch bei den Marrins eine fast unnatürliche Stille. Es war, als hielten die Wände im Angesicht des Grauens, dessen Zeuge sie wurden, den Atem an.

Noch mehr als die Stille fiel Bonnie allerdings der Gestank nach verbranntem Teppich auf. Kaum hatten sie und Dudley Freeberg das Haus betreten, rochen sie diese Mischung aus Benzin und verkokelter Wolle. Und noch ein Geruch lag in der Luft. Er erinnerte an alte, verkohlte Fleischreste, die an einem Grill klebten.

Beim Eintreten hatte Dudley Freeberg erst vorsichtig hinter die Tür gespäht, war dann zögerlich eingetreten und hatte sie wieder sorgfältig geschlossen. Die ehemals weiß gestrichenen Wände waren geschwärzt und warfen Blasen. Schwarz-bräunliche Schlieren wanden sich bis zur Decke. Am Türrahmen hingen Fetzen irgendeines Stoffes. Die Innenseite der Tür wies lange, tiefe, gleichmäßige Riefen auf, als habe jemand versucht, mit bloßen Händen die Farbe abzukratzen.

Bonnie zeigte auf die Fetzen. »Haut«, sagte sie.

Dudley Freeberg nahm seine Brille ab und starrte darauf.

»*Haut?*«, fragte er. Sein Adamsapfel tanzte auf und ab.

»Genau. Und diese Kratzer hier sind entstanden, als die Feuerwehr seine Überreste von der Tür entfernt hat. Um die organischen Überreste und die Brandspuren kümmere ich mich, aber für solche Schäden wie hier an der Tür müssen Sie einen Maler kommen lassen.«

»Einen Maler«, sagte Dudley Freeberg mit ausdrucksloser Stimme. »Verstehe.«

Sie sahen sich schweigend in der Diele um. In dem hohen, großen Raum dominierten die Farben Gold und Flieder. Tote Gladiolen standen in einer hohen Vase auf einem nachgemachten Rokokotischchen. Ein goldgerahmter Druck zeigte zwei schlafende Mexikaner bei der Siesta mit großen Sombreros auf dem Kopf. Durch einen Türspalt erkannte Bonnie eine großzügige, in Eichenholz gehaltene Küche. Das Haus würde ihr auch gefallen, dachte Bonnie. Ein bisschen schäbig vielleicht, aber geschmackvoll und gemütlich eingerichtet und mit einer schönen geschwungenen Treppe.

Diese Treppe gab einen lebhaften Eindruck der letzten Momente im Leben des fünfzehnjährigen Liebhabers von Mrs Marrin: Er hatte schon lichterloh gebrannt, als er die Treppe heruntergerannt war und die verschmorten Spuren seiner Füße führten über den lila Teppich vom ersten Stock bis zur Tür. Mit seinem brennenden Händen musste er sich am hölzernen Treppengeländer festgehalten haben, denn auch hier hatte die Farbe Blasen geworfen und sich bräunlich verfärbt.

»Mein Gott«, sagte Dudley Freeberg. »Er muss wirklich durch die Hölle gegangen sein.«

»Wir gehen mal nach oben«, sagte Bonnie. Sie hatte keine Lust über die Hölle – ob auf Erden oder sonst wo – nachzudenken. Nicht an diesem Tag.

Sie gingen nach oben, fanden das Schlafzimmer und blieben stehen vor dem geschwärzten großen Bett, auf dem noch eine verkohlte Samtdecke lag. Am Kopfende des Bettes hing ein gerahmter verrußter Spiegel, durch den sich diagonal ein Riss zog. Bonnie sah sich neben Dudley Freeberg stehen. Sie sahen aus wie Figuren auf einer alten Sepia-Fotografie.

»Also«, sagte Bonnie und öffnete ihr Notizbuch, »das Bett kommt natürlich weg, genauso wie der Teppich. Die Rauch- und Rußspuren beseitige ich, Sie müssten aber streichen lassen. Wenn ich hier fertig bin, wird es so aussehen, als hätte es hier niemals ein Feuer gegeben.«

»Klingt gut. Einverstanden.« Dudley Freeberg nickte. Er schwitzte stark und seine Haut hatte eine teigige Farbe. Bonnie sah ihm an, dass er kurz vor einer Panikattacke stand.

»Ich denke, den Rest können wir draußen klären«, sagte sie schnell.

Er rannte fast die Treppe herunter und sprang dabei hin und her, um den verbrannten Fußabdrücken aus dem Weg zu gehen.

Während Bonnie im Wagen saß und einen Kostenvoranschlag schrieb, stand Dudley Freeberg daneben, hatte sich den Mantel über den Arm gelegt und tupfte sich immer wieder die Stirn mit einem verknüllten Kleenex ab.

Sie reichte ihm den Voranschlag, und er riss ihn ihr fast aus der Hand. »Toll. Geht in Ordnung. Ich spreche noch mit den Hinterbliebenen und dann ruf ich Sie an.«

»Jederzeit.«

»Und danke, dass Sie ...«, er nickte in Richtung Haus.

»Daran kann man sich nicht gewöhnen. Niemand kann das. Man kann lernen, damit umzugehen, aber gewöhnen kann man sich nicht daran. Und das sollte man wohl auch nicht.«

»Na ja, jedenfalls danke.«

Er stakste zu seinem Wagen und verschwand mit quietschenden Reifen. Bonnie sah ihm noch hinterher und wollte in ihren Wagen steigen, als Kyle Lennox wieder auftauchte. Er trug jetzt Khakis und ein schwarzes Poloshirt und rief ihr zu: »Bonnie, warten Sie noch!«

Sie sah ihm entgegen und legte die Hand über die Augen, weil sie gegen die Sonne sehen musste. Er hüpfte aufgeregt auf sie zu. »Und? Wie war's?«

»Gut. Warum?«

»Ganz schön gruselig, oder?«

»Wenn man nicht muss, geht man nicht rein.«

»Ich hab gehört, dass der Junge ... also, dass der praktisch ...« – er senkte seine Stimme zu einem verschwörerischen Flüstern – »... *an der Tür geklebt hat.*«

Bonnie zuckte die Achseln. »Über solche Details darf ich wirklich nicht reden. Ich mach hier nur sauber.«

»Aber er klebte doch an der Tür, stimmt's?«

»Also gut: ja. Er brannte und versuchte die Tür zu öffnen. Er blieb daran hängen.«

Langsam und mit bewundernd aufgerissenen Augen schüttelte Kyle Lennox den Kopf. »Das ist so ekelhaft. Ich find's unglaublich, wie cool Sie bleiben. Wie schaffen Sie das nur?«

»Sie sind im Fernsehen, und wie man so was machen kann, verstehe ich auch nicht. Ich hätte jedenfalls wahnsinnige Angst vor der Kamera. Ich habe sogar Angst vor Videokameras.«

»Sagen Sie mal, hätten Sie nicht Lust, morgen zu meiner kleinen Pool-Party zu kommen? Nichts Großes, nur ein paar Freunde vom Studio, Autoren und Produzenten und so. Würde mich freuen.«

»Wie bitte?«

»Eine Party, Bonnie. Und Sie sind eingeladen. Ich freue mich schon darauf, wenn Sie Gene Ballard kennen lernen. Das ist unser Regisseur. Er wird begeistert von Ihnen sein.«

»Ich verstehe nicht ganz. Wie kennen uns doch gar nicht, warum laden Sie mich zu Ihrer Party ein?«

»Hey, Sie sind mir einfach sympathisch, da muss man sich doch nicht gut kennen. Und ich bewundere Ihre Arbeit. Tun Sie mir den Gefallen und kommen Sie, ich würde mich wirklich freuen. Wird alles ganz locker, und Sie treffen Ihre Lieblingsserienstars. Vielleicht kriegen Sie sogar ein kleine Rolle, wenn Gene Sie mag. Wer weiß?«

»Wann ist diese Party?«

»Morgen Abend um sechs bei mir. Nun sagen Sie schon Ja.«

Bonnie hatte das Gefühl, in einem Traum zu sein. Der Mann ihr gegenüber war wirklich Kyle Lennox, und er lud sie wirklich zu einer Pool-Party mit den Größen der Fernsehbranche ein.

»Okay«, sagte sie schließlich und nickte. »Ich komme, warum eigentlich nicht.«

BONNIE BESUCHT IHRE MUTTER

»Du hättest mir vorher sagen sollen, dass du kommst«, sagte ihre Mutter vorwurfsvoll, »dann hätte ich wenigstens einen Salat machen können.«

»Schon gut, Mom, ich brauche keinen Salat. Ich hab vorhin schon einen Cheeseburger bei Rusty's gegessen.«

»Cheeseburger? Hast du eine Ahnung, wie viel Fett und Cholesterin in dem Zeug drin ist? Kein Wunder, dass du so zugenommen hast.«

»Danke, zu freundlich. Ich habe übrigens gerade ein paar Kilo abgenommen.«

»Seit über drei Wochen hast du dich nicht gemeldet. Jetzt kommst du mich plötzlich besuchen und rufst vorher nicht einmal an.«

»Aber jetzt bin ich da, also hör schon auf zu meckern.«

Mrs Mulligan wuselte im Wohnzimmer herum, schob Zeitschriften auf dem Tisch zusammen, klopfte Kissen auf und jagte ihre stinkende, fauchende Katze vom Sofa, weil Bonnie sie nicht mochte.

Mrs Mulligan war klein und rund, hatte kleine runde Hände und Füße und weißes toupiertes Haar wie ein Baumwollballen. Mrs Mulligan sah aus wie Bonnie mit Pausbacken und Schweinsäuglein. Sie lebte in einem

Haus in Reseda, das aussah wie alle Häuser in Reseda: respektabel, sauber, bürgerlich und mit gepflegtem Rasen im Vorgarten. Von einem Bild an der Wand grinste Bonnies verstorbener Vater wie Alfred E. Neumann auf sie herunter. Das Foto war auf Leinwand gezogen worden, sodass es in seinem Goldrahmen wie ein Gemälde aussah. Unter dem Bild hingen in einem weiteren Rahmen seine Feuerwehrorden in einer Reihe.

Fotos von Bonnies fünf großen Brüdern standen in Massen herum: Daryl am Abschlusstag der Feuerwehrakademie. Robert bei seiner Verlobung mit Nesta. Craig nach dem Gewinn der Highschool-Schwimmmeisterschaften. Barry mit seinem ersten Auto. Richard mit gebrochenem Bein. Mark Hamill hatte auf dem Gips unterschrieben und Mom hatte ihn immer noch irgendwo in der Garage.

Das einzige Foto von Bonnie zeigte sie bei der Erstkommunion. Sie sah so süß und unschuldig aus als Zwölfjährige in dem weißen Seidenkleid. Als sie sich selbst als Kind sah, kamen Bonnie beinahe die Tränen. So viel Vertrauen in die Zukunft. So viel Hoffnung.

»Es ist Schwerstarbeit, das Haus in Ordnung zu halten, das sag ich dir. Richard lässt seine Socken einfach überall liegen.«

»Es ist perfekt wie immer, Mom.«

»Du hättest vorher anrufen sollen, dann hätte ich noch ein bisschen aufgeräumt.«

»Warum kümmert sich Richard nicht selbst um seine Socken?«

Ihre Mutter hielt inne und sah Bonnie an, als hätte die plötzlich eine Fremdsprache benutzt: Socken? Richard? Selbst? Kümmern?

Sie gingen in die Küche und Bonnies Mutter arrangierte auf einem Teller Butterscotch-Brownies und Kokosmakronen.

»Weißt du«, sagte Bonnie, »ich hätte Lust, nach Hawaii zu gehen. Ganz allein. Ich hätte Lust, eine Tasche zu packen und nach Hawaii zu gehen. Ich möchte auf einem Berg stehen und einen Vulkanausbruch beobachten.«

»Einen Vulkanausbruch? Und was soll aus deiner Familie werden?«

»Was soll aus mir werden?«

Ihre Mutter trug Keksteller und Kaffee auf einem Tablett ins Wohnzimmer. »Du hättest nie mit dieser furchtbaren Reinigungsfirma anfangen sollen. Das tut dir nicht gut.«

»Es gefällt mir. Es gibt mir das Gefühl, einen kleinen Beitrag zu leisten.«

»Einen Beitrag dazu, dass du krank wirst.«

»Aber es ist doch genau das, was eine Frau deiner Meinung nach im Leben tun sollte, oder? Putzen. Aufräumen. Schau dich an. Du hast nie etwas anderes gemacht als Aufräumen.«

»Aber keine fremden Leichen. Ich darf nicht mal daran denken.«

»Ich räume keine Leichen auf, Mom. Das macht die Gerichtsmedizin. Okay, manchmal räume ich kleine Leichen*teile* auf. Haare, Zähne und so. Ich hab mal sieben Zehen unter einem Wäschetrockner gefunden, nachdem einer seine Freundin mit einer Kettensäge ermordet hat.«

Angeekelt fuchtelte Mrs Mulligan mit den Händen vor ihrem Gesicht. »Ich will das nicht hören. Wenn

Duke sich nur endlich aufraffen und eine geregelte Arbeit finden könnte, müsstest du das nicht tun. Wie geht es Duke eigentlich?«

»Wie immer. Er hat sich für einen Job im Century Plaza vorgestellt. Als Barkeeper.«

»Ich habe nie verstanden, was du an dem Mann findest.«

»Das weiß ich. Du sagst es mir ja oft genug. Gerade eben noch.«

»Was ist mit deiner anderen Stelle bei dieser Kosmetikfirma?«

»Die bin ich wohl los. Das war wohl mehr eine ... Periode.«

Bonnies Mutter starrte sie an: »Bei Gott, Bonnie Mulligan, ich schwöre, dass ich manchmal keine Ahnung habe, wovon du redest.«

Bonnie setzte langsam ihre Kaffeetasse ab. »Mom, was würdest du tun, wenn ein berühmter und reicher Fernsehstar dich zu einer Party einladen würde?«

»Was? Worüber redest du denn jetzt schon wieder? Was für eine Party?«

Bonnie hatte sich geschworen, niemandem von Kyle Lennox zu erzählen. Es sollte ihr Geheimnis bleiben. Ihre Mutter, Duke und Ray und andere würden ihr nur erklären, dass sie alles falsch verstanden hätte und die Party eine Riesenenttäuschung würde und überhaupt keine Stars auftauchen würden. Und am Schluss hätte Bonnie sich vor allen lächerlich gemacht.

Und doch fand sie das alles so aufregend, dass sie es jemandem erzählen musste. Irgendwem, irgendwie.

»Eine Party eben. Du weißt schon, mit Schauspielern und Produzenten und solchen Leuten. Alles ganz locker, nur eine kleine Pool-Party. Ein bisschen Champagner. Vielleicht schwimmen.«

»Und wer lädt einen zu so was ein?«

»Ein Fernsehstar.«

»Ich kenne keine Fernsehstars.«

»Ich weiß, aber nur mal angenommen, du würdest einen kennen. Sagen wir mal ... Kyle Lennox.«

Ihre Mutter starrte sie lange an und kaute dabei mit ihren falschen Zähnen auf einem Keks herum. »Bei Gott, Bonnie Mulligan, ich schwöre, dass ich manchmal keine Ahnung habe, wovon du redest.«

Bonnie blickte auf das grinsende Porträt ihres Vaters. Als Bonnie fünfzehn gewesen war, hatte er sich in der Garage erschossen. Sie erinnerte sich noch daran, wie das Blut mit einem Gartenschlauch die Auffahrt hinunter in den Rinnstein gespült worden war. Niemand hatte verstanden, warum er es getan hatte.

Ralph gibt nach

Gegen fünf Uhr an diesem Tag rief das Krankenhaus an und teilte mit, dass sie Ray abholen könnten. Weil Duke seine Lieblingsfernsehserie nicht verpassen wollte, nahm Bonnie den Buick und fuhr alleine los. Der Himmel leuchtete tiefrot, die Temperatur war drastisch gefallen und Bonnie hatte das Gefühl, dass irgendein Unheil drohte.

Sie fand eine Lücke am Ende des Krankenhausparkplatzes, und noch bevor sie aussteigen konnte, spielte ihr Mobiltelefon die Melodie von Henry Mancinis »Dear Heart«.

Sie klappte das Mobiltelefon auf und sagte: »Bonnie Winter Tatortreinigung, wie kann ich Ihnen helfen?«

»Bonnie? Ich bin's, Ralph.«

»Ralph, hi!«

»Ich wollte nur mal hören, wie's deinem Jungen so geht.«

»Viel besser. Ich hole ihn gerade aus dem Krankenhaus ab.«

»Gut zu hören. Was ist mit der Anklage?«

»Weiß ich noch nicht. Aber die Chance, dass sie fallen gelassen wird, ist ganz gut. Erste Anklage, guter

Leumund und so. Außerdem ist Mama mit Captain O'Hagan befreundet.«

»Na, dann hoffe ich mal das Beste.«

»Danke. Wie war's in Pasadena?«

»Tja, äh ... ich wollte mich deswegen entschuldigen.«

»Das musst du nicht. Du hast mich gebraucht und ich hatte keine Zeit. Das war schon alles.«

»Ehrlich gesagt, habe ich die Sache auf kommenden Freitag verschoben. Ist günstiger für die Einkäufer. Gestern gab es so viele Präsentationen, dass sich der Zeitplan ein bisschen verschoben hat.«

»Aha, verstehe. Na dann, viel Glück.«

»Na ja, und da hab ich mich gefragt ... also ich hab mir gedacht, dass du ja am Freitag mitkommen könntest.«

Bonnie stieg aus ihren Wagen und schlug die Tür zweimal zu, ehe sie schloss.

»Ich bin also nicht entlassen?«

»Ach, das war doch nur in der ersten Verärgerung. Natürlich bist du nicht entlassen. Ich entlasse doch nicht eine meiner besten Verkäuferinnen.«

»Ich bin also nicht entlassen und soll am Freitag mit dir nach Pasadena fahren.«

»Wenn du es bis halb drei ins Büro schaffst?«

»Das weiß ich ehrlich gesagt nicht. Wann kommen wir denn zurück?«

»Wir hätten noch eine Art Geschäftsfrühstück und würden gleich danach fahren. Na komm schon, Bonnie, sag, dass du mitkommst.«

»Ich weiß wirklich nicht, Ralph. Jemand muss sich doch um Ray kümmern, für ihn kochen und so.«

»Kann Duke das nicht machen?«

»Duke denkt, Hühner würden Rühreier ausbrüten.«

»Dann können sie sich doch für den einen Abend was kommen lassen.«

»Ich sollte Ray im Moment wirklich nicht alleine lassen. Es geht ihm nicht gut und er ist ziemlich durcheinander.«

»Es liegt an dir, Bonnie. Ich würde mich jedenfalls freuen, wenn du deine Meinung noch mal ändern würdest.«

»Ich denk drüber nach und ruf dich an.«

Sie klappte ihr Mobiltelefon zu und lief die Treppen zum Krankenhauseingang hoch.

Die Rückkehr des Helden

Handgelenk und Knöchel hatte er immer noch in Gips, deshalb musste er den Weg zum Klo hüpfend bewältigen. Beide Augen schillerten in allen Regenbogenfarben, die Lippen waren geschwollen. Trotzdem mache er gute Fortschritte, hatte der behandelnde Arzt gesagt, und außerdem brauchten sie das Bett. Ray war's nur recht. Für ihn war das Krankenhausessen »Dreck«.

Abends kochte Bonnie Rays Leibgericht: Schweinekoteletts und Bohnen, als Dessert eine Blaubeer-Zitronen-Torte mit Kaffeecreme.

Duke leerte drei Bierdosen. Jedes Mal, wenn er zum Trinken ansetzte, rief er: »Auf unseren Helden! Auf unseren verdammten Helden!«

Nach dem achten Trinkspruch dieser Art ging er Bonnie langsam auf die Nerven. »Ein Held, was? Weil er völlig unschuldige mexikanische Kinder verprügelt hat?«

»Er hat für seine Überzeugung gekämpft, stimmt's? Für die Überzeugung, dass Kalifornien den Kaliforniern und nicht den verdammten Mexikanern gehört. Ist dir überhaupt klar, dass seit diesem Jahr mehr verdammte Mexikaner als Weiße in diesem Staat leben? Die verdammten Schwarzen gar nicht mitgerechnet?«

»Willst du noch Kartoffeln?«

»Lenk nicht vom Thema ab, Bonnie. Der Junge ist ein Held. Eigentlich ist er jetzt gar kein Junge mehr. Sondern ein Mann. Wenn ich damals gewusst hätte, dass er gegen die verdammten Mexen auszieht, wäre ich mitgekommen. Mann, wir hätten denen eine Lektion erteilt. Zack zack, nimm das, du Enchilada fressender Schmierlappen!«

»Du bist so selbstgerecht, Duke.«

»Selbstgerecht? Ich? Du arbeitest doch jeden Tag für zwei, nur weil irgendein Mexikaner mir meinen Job weggenommen hat, und du nennst mich selbstgerecht? Im Gegenteil! Wenn man das bedenkt, bin ich sogar ein Musterbeispiel für Toleranz! Wenn man das bedenkt, bin ich schon fast ein Heiliger, verdammt noch mal.«

»Die Anklage gegen Ray ist jedenfalls noch nicht ganz vom Tisch. Bis dahin bleibst du hoffentlich so heilig.«

»Sollen sie ihn doch anklagen. Das ist der Preis, den man als Held zu zahlen hat. Aber ich werde zu dir stehen, Junge. Bis zum bitteren Ende. Weil sie dir Respekt schulden, deshalb.«

Ray grinste Duke unsicher an. Und während Bonnie Kartoffeln schöpfte, wurde ihr plötzlich klar, was er getan hatte: Ray hatte sich auf die Seite seines Vaters geschlagen und damit ein für alle Mal die Diskussion beendet. Konnte sie es ihm verdenken? Kaum. Bisher war praktisch jedes Abendessen zum Dritten Weltkrieg eskaliert. Bonnie hatte sich gegen Dukes Argumente verschanzt, und der hatte alles auf sie geschmissen, was er an Munition aufzubieten hatte, um sich irgendwann mit wüsten Drohungen zurückzuziehen. Doch ab jetzt stand es zwei gegen eins, und deshalb würde sie zukünftig Dukes Argumente hinnehmen müssen, so ungerecht und unlogisch sie auch waren.

Mit einem hatte Duke allerdings tatsächlich Recht: Ray war als Junge zu dem Pool-Club gegangen und als eine Art Mann zurückgekehrt.

Später half sie Ray die Treppe hoch in sein Zimmer.

»Bist du noch wütend auf mich?«, fragte er, nachdem sie ihn ins Bett dirigiert hatte.

»Wütend? Auf dich? Warum sollte ich. Du bist alles, was ich habe.«

»Und was ist mit Dad? Du solltest auf ihn auch nicht mehr wütend sein.«

»Bin ich eigentlich auch nicht. Ich sehe die Welt nur mit etwas anderen Augen. Er ist so ein Traumtänzer, tut aber nie etwas, damit diese Träume auch wahr werden. Und am Schluss ist er dann enttäuscht. Nur kann man nicht sein Leben lang enttäuscht sein. Man muss es doch zumindest versucht haben.«

»Ich liebe dich, Mom. Aber Dad ist eben mein Dad.«

Bonnie lächelte verkniffen und nickte, aber in diesem Moment wurde ihr klar, dass sie nach Pasadena gehen würde.

Sie ging wieder hinunter ins Wohnzimmer. Duke hatte eine weitere Dose Bier aufgerissen, sich aufs Sofa fallen lassen und den Fernseher angestellt. Es lief *Stargate*.

»Guck dir das an. Was für ein Scheiß. Ist doch klar, was diese Aliens wollen. Warum knallen sie die nicht einfach ab, und das war's dann?«

Bonnie setzte sich neben ihn und griff in die Schüssel mit dem Karamelpopcorn. »Ralph möchte, dass ich Freitag nach Pasadena gehe.«

Duke nahm langsam einen großen Schluck, rülpste dann laut und sagte: »Ralph? Ich dachte, das Arschloch hätte dich gefeuert?«

»Hatte er eigentlich auch. Aber jetzt soll ich nach Pasadena.«

Duke legte kumpelhaft seinen Arm um sie. »Tja, dann wird es dir ja hoffentlich eine Freude sein, ihm zu sagen, dass er sich seinen Trip nach Pasadena in den Teil seines Körpers schieben kann, wo die Sonne nie hinscheint, oder?«

»Nein. Ich werde fahren.«

Duke drehte sich langsam um und starrte sie an. »Hab ich dich richtig verstanden? Hast du ›fahren‹ gesagt. Im Sinne von ›fahren nach Pasadena‹?«

»Ja. Ich werde fahren.«

»Aha. Und für wie lange, wenn ich fragen darf?«

»Ich bin Samstag Morgen wieder zurück, bleibe also nur eine Nacht.«

»Du kannst nicht im Ernst annehmen, dass ich dich mit dem Irren eine Nacht in Pasadena verbringen lasse.«

»Duke ... er ist kein Irrer, sondern mein Boss. Und der Trip nach Pasadena ist ein Geschäftsreise. Sie gehört zu meinem Job. Ralph interessiert sich nicht für meinen Körper. Er interessiert sich nur dafür, dass ich möglichst gut die Produkte präsentiere.«

»Produkte präsentiere? Na klar, kann ich mir gut vorstellen. Ralph Kosherick hat nur Interesse an einem Produkt. Dem zwischen deinen Beinen. Das sollst du ihm präsentieren.«

»Du bist so primitiv, Duke. Und du machst dich lächerlich.«

»Ach, jetzt bin ich primitiv? Nur weil ich dagegen bin, dass meine Frau die Nacht mit einem sabbernden Lustmolch verbringt?«

»Pasadena ist wichtig, Duke. Wichtig fürs Geschäft. Es ist die größte Präsentation der Saison. Von ihr wird wahrscheinlich abhängen, ob Glamorex die Kurve kriegt oder Pleite macht.«

»Das interessiert mich einen Scheißdreck.«

»Ich brauche diesen Job, Duke. Ich brauche ihn nicht nur, er macht mir auch Spaß. Er befriedigt mich, weil ich mir für ein paar Stunden am Tag wie eine richtige Frau vorkomme, und nicht wie eine Putzfrau, eine Haushälterin oder eine Taxifahrerin. Deshalb werde ich nach Pasadena fahren. Ob es dir passt oder nicht.«

»Ich bin dein Mann, verdammt.«

»Komm mir nicht so, Duke.«

»Bist du taub, oder was? Ich bin dein verdammter Mann!«

»Mann? Das soll wohl ein Witz sein. Du bist doch nur der Typ, der den ganzen Tag in der Bude hockt und erwartet, dass ich seine dreckigen Klamotten wasche, ihm Essen koche und mich zu Tode arbeite, damit er sein Bier bekommt! Mann! Dass ich nicht lache. Du kriegst ihn ja nicht mal mehr hoch.«

Im dem Moment, als sie das gesagt hatte, wünschte sie auch schon, sie hätte es nicht getan. Nie hatte sie das sagen wollen. Man konnte einem Mann alles sagen: dass er faul und dreckig und gemein sei. Aber wenn man seine Männlichkeit in Zweifel zog, zog man ihm gleichzeitig den Boden unter den Füßen weg.

Duke sagte keinen Ton. Er hob seine Bierdose über ihren Kopf und leerte sie langsam aus. Sie saß nur da und merkte, wie die kalte Flüssigkeit aus ihrem Haar auf Bauch und Rücken tropfte.

»Verdammte Scheiße«, sagte Duke, »da siehst du, wozu du mich bringst.« Dann beugte er sich zu ihr vor, bis seine Nasenspitze nur noch Millimeter von ihrer entfernt war, und brüllte, so laut er konnte: »Siehst du, wozu du mich bringst?!«

Das Geheimnis

Sie wusch sich das Haar und schlug sich einen rosafarbenen Turban um den Kopf. Vor ihrem Streit hatte sie mit dem Gedanken gespielt, ihm von Kyle Lennox zu erzählen. Doch jetzt schlich sie sich zu ihrer Handtasche, nahm Kyles Visitenkarte heraus und zerriss sie in möglichst kleine Fetzen.

ZWEI ANRUFE

Kurz vor acht Uhr am nächsten Morgen erhielt Bonnie zwei Anrufe. Sie war gerade dabei, Speck für Ray zu braten.

Der erste Anruf kam von Lieutenant David Irizarry vom Los Angeles Police Department.

»Mrs Winter? Captain O'Hagan bat mich, Sie anzurufen.«

»Ja und?«

»Es geht um Ihren Sohn Raymond. Captain O'Hagan sagt, dass keine Anklage wegen Körperverletzung gegen ihn erhoben werden wird. Allerdings muss er noch mal aufs Revier kommen.«

»Verstehe. Na, das sind dann doch wohl gute Neuigkeiten, oder?«

»Captain O'Hagan wird sich noch mal bei Ihnen melden.«

»Danke. Vielen Dank.«

Der zweite Anruf kam von Lieutenant Dan Munoz.

»Bonnie? Gut dass ich dich erwische. Ich hab dir einen Auftrag am Ivanhoe Drive besorgt, oben am Silver Lake Reservoir. Ziemliche Sauerei, wie ich höre. Treffen wir uns dort morgen um drei und arrangieren alles? Ich hab was gut bei dir, stimmt's?«

Nachdem Bonnie aufgelegt hatte, starrte sie auf den schrumpelnden Speck in der Pfanne. Duke kam in die Küche. Er trug ein verschwitztes T-Shirt und schlabbrige Boxershorts. Eine Dusche hatte er offenbar nicht für nötig befunden und er bewegte sich, als sei er immer noch betrunken. Wahrscheinlich war er das, dachte sie. Er griff nach einem Stuhl, zog ihn zu sich heran und ließ sich darauf plumpsen.

»Du glaubst, dass ich dich nicht liebe, stimmt's?«

»Vergiss es Duke. Ich glaube überhaupt nichts mehr.«

»Aber das glaubst du doch, oder? Weil es nicht mehr immer klappt, glaubst du, ich liebe dich nicht.«

»Habe ich das gesagt?«

»Das musst du gar nicht sagen. Ich kann es in deinen Augen sehen.«

»Na gut, also ganz ehrlich. Es wäre schön, wenn du ihn zumindest hin und wieder hochkriegen würdest.«

Duke starrte stumm auf die Tischsets, als würden sie die Antworten zu all seinen brennenden Fragen kennen. Bonnie nahm einen vorgewärmten Teller aus dem Ofen und legte sechs Streifen Speck, Bratkartoffeln, Grilltomaten und Rührei darauf. Sie stellte den Teller vor Duke auf den Tisch und sagte: »Da. Und sag mir nie wieder, dass ich dich nicht lieben würde. Nie wieder.«

Duke begann in seinem Essen herumzustochern. »Du willst mich wohl umbringen, was? Mit all diesem fettigen Zeug. Aber das schaffst du nicht.«

»Duke, wenn ich dich tot sehen wollte, würde ich nicht auf deinen Herzinfarkt warten. So viel Geduld hätte ich nicht, glaube mir.«

Duke hackte nun mit der Gabel auf sein Essen ein, als wollte er es ermorden. »Scheiße auch! Du willst mich umbringen, so ist es doch. Du verstopfst meine Arterien und bringst mich so um.«

Bonnie hörte ihm stumm zu und ließ den Kopf hängen. Was sollte sie auch darauf sagen. Nach einer Weile stand sie auf, nahm seinen Teller und kratzte das ganze Frühstück in den Mülleimer unter der Spüle: Eier, Speck, Kartoffeln, Toast – einfach alles. Duke beobachtete sie. Seine Faust verbog fast die Gabel.

»Ich gehe heute Abend weg«, verkündete Bonnie.

»Weg? Sagt wer?«

»Ich. Ich gehe zu Ruth. Wir werden Kuchen essen, uns die Nägel lackieren und darüber reden, was Männer für Sauhunde sein können.«

»Ach ja? Und wer kümmert sich um Ray? Dein Sohn ist praktisch ein Krüppel, kommt gerade aus dem Krankenhaus und du machst dir einen schönen Abend?«

»Allerdings. Ray hat nämlich zwei Elternteile, nicht nur einen. Du bist übrigens der andere. Also kümmerst du dich gefälligst um ihn. Hackfleisch ist im Kühlfach. Du brauchst es nur in die Mikrowelle zu schieben.«

»Jetzt hör mir mal gut zu, Bonnie ...«, sagte Duke, doch kam in diesem Moment Ray auf seinen Alukrücken in die Küche gehumpelt. »Hi Mom! Wie läuft's denn so? Der Speck duftet vielleicht.«

»Den kannst du dir aus dem verdammten Mülleimer holen«, sagte Duke, stand auf, rammte seinen Stuhl an den Tisch und verließ die Küche.

Was sie trug

Weil sie nicht wusste, was sie anziehen sollte, brauchte Bonnie fast zwei Stunden, um sich fertig zu machen. Was hatte Kyle Lennox mit »locker« gemeint? Locker war doch zum Beispiel auch ein Seidenanzug von Anne Klein mit Sandalen von Blahnik, oder? Probeweise zog sie auch noch mal das rote Kleid mit den pinkfarbenen Blumen an, das sie für die Bar Mizwa von Ruths Sohn gekauft hatte.

Aber erstens hatte sie seit damals etwas zugelegt und zweitens sah sie darin aus wie das Opfer einer Messerstecherei.

Sie versuchte es mit den braunen Hosen, aber die hatten einen Fleck am Knie. Die Jeans kamen nicht in Frage, weil sie unter den ganzen Armani-Trägern nicht die Einzige mit einem Lands-End-Schild auf der Hose sein wollte.

Eine Weile stand Duke vor der halb geöffneten Schlafzimmertür. Wahrscheinlich fragte er sich, warum sie so einen Aufstand um ihre Klamotten machte, obwohl Bonnie nur zu Ruth ging. Ihr Gesichtsausdruck sorgte aber dafür, dass er sich jeden Kommentar verkniff. Schließlich sagte er: »Ich geh mit Ray rüber zum Supermarkt, um ein paar Bier zu kaufen. Wenn ich schon Babysitter spielen muss, hab ich mir das doch verdient, oder?«

»Im Popeye-Glas sind noch fünfzehn Dollar.«

»Ich weiß. Hab ich schon genommen.«

»Und beeilt euch bitte. Um spätestens halb sechs muss ich weg.«

»Yessir!« Duke salutierte und drehte sich um. Sie wandte sich wieder ihrer Garderobe zu und begann mit wachsender Verzweiflung, durch die Kleiderbügel zu blättern. Plötzlich sahen all die Sachen in ihren Augen irgendwie billig aus. Entscheide dich endlich, sagte sie sich. Entscheide dich endlich. Aber denk dran, dass die Leute, die du heute Abend triffst, ihre Kleider auf dem Rodeo Drive kaufen. Die wissen nicht, dass deine Klamotten von Wal-Mart sind, weil sie noch nie da waren.

Endlich legte sie sich auf navyblaue Hosen und eine cremefarbene Bluse mit Rüschen fest. Die Hose war bequem und die Rüschen hatten zwar ein bisschen was von Country und Western, dafür kaschierten sie etwas ihren großen Busen. Sie legte die Sachen aufs Bett.

Plötzlich fiel ihr ein, dass man bei einer Pool-Party wahrscheinlich auch ins Wasser steigen musste. Sollte sie besser einen Badeanzug mitnehmen? Sie wühlte in ihrem Wäscheschrank und fand den mit den türkisen Punkten. Doch als sie ihn anprobierte, fand sie sich darin zu plump. Der lila Lycra-Badeanzug mit dem hohen Beinausschnitt passte schon besser. Obwohl er oben rum so eng war, dass es aussah, als hätte sie vier Brüste.

Kurz nach fünf war sie so weit. Aber von Duke noch keine Spur. Sie schaute etwas fern und war so nervös, dass sie sich nur auf die Armlehne setzte. Immer wieder stand sie auf, um aus dem Fenster auf die Straße zu spähen. Um drei Minuten vor halb sechs war Duke immer noch nicht zurück. Sie stellte sich auf die Straße. Mrs Lenz kam mit ihrem räudigen Hund vorbei. »Hallo Bonnie. Haben Sie heute frei?«

»Ja, Mrs Lenz. Heute habe ich frei.« Und sie dachte: Was denn sonst? Sehe ich mit der Hose und der Bluse so aus, als würde ich arbeiten gehen?

Es wurde halb sechs und Duke war immer noch nicht aufgetaucht. Sie wünschte, sie hätte ihm ihr Mobiltelefon mitgegeben. Sie ging wieder ins Haus, stellte sich vor den Spiegel und überprüfte zum x-ten Mal ihre Frisur. Sie war gereizt, erhitzt, nervös. Wenn Duke nicht kam, würde sie den Pick-up nehmen müssen.

Um Punkt Viertel vor sechs schrieb sie ihm eine Nachricht: »Bin bei Ruth. Danke für nichts.« Sie klemmte den Zettel unter einen herzförmigen Magneten an den Kühlschrank.

Party Party

An der Ecke Alta Avenue stellte sie den Wagen ab und ging das letzte Stück zu Fuß.

Der Straßenabschnitt vor Kyle Lennox' Anwesen war ein einziger Parkplatz für Luxuskarossen: ein gelber Ferrari Testarossa, ein silberner Lamborghini und mehr Daimlers, als sie je zuvor auf einem Haufen gesehen hatte.

Dass die Band drinnen eine gelangweilte Version von »Samba em Preludio« spielte, hörte man bis auf die Straße. Zwei picklige Teenager in weißen Jacketts mit goldenen Epauletten waren für den Parkdienst angestellt und lungerten im Vorgarten herum. Während Bonnie sich dem Haus näherte und die Auffahrt hochlief, starrten die Jungs sie unverwandt an.

»Kann ich helfen?«, fragte der eine und zeigte seine chromglänzende Zahnspange.

»Ich bin eingeladen«, sagte Bonnie.

Verwirrt spähte der andere Junge die Straße rauf und runter. »Und wo ist Ihr Wagen, Ma'am?«

»Ich hab keinen.«

»Sind Sie etwa gelaufen?«

»Nein. Ein Ufo hat mich an der Ecke rausgelassen. Geht's da rein?«

»Klar. Darf ich die Einladung sehen?«

»Mir wurde keine gegeben.«

»Sie sind eingeladen, aber Sie haben keine Einladung?«

Glücklicherweise kam in diesem Augenblick Kyle Lennox die Stufen der Veranda herunter. Er trug ein grünes Seidenhemd, weiße, weite Hosen und hielt einen Highball in der Hand. Den Drink zum Gruß erhoben rief er: »Hallo Bonnie! Kommen Sie rein. Schön, dass Sie's einrichten konnten.«

Mit einem Blick, der »Na also« sagte, ließ Bonnie die Jungs vom Parkdienst stehen und folgte Kyle ins Haus.

Diele und Treppe waren so voll gestopft mit kreischenden Menschen, dass Bonnie für einen Moment glaubte, im Salon eines ziemlich schnell sinkenden Schiffs zu sein. Panik stieg in ihr hoch und ganz kurz hatte sie die rettende Idee, sich einfach zu entschuldigen und wieder abzuhauen, aber dann legte Kyle Lennox seinen sonnengebräunten Arm um sie und lotste sie sicher durch die wogenden Massen in das Wohnzimmer. Und was für ein Wohnzimmer. So was hatte Bonnie noch nie gesehen. Die gegenüberliegende Wand war vom Boden bis zur Decke verspiegelt, nackte Nymphen aus Bronze standen davor Spalier. Ein riesiger Kronleuchter hing in der Mitte des Raumes, die großzügige Sitzgruppe darunter hatte beige-gelbe Seidenbezüge. Hinter der Terrassentür sah man den in italienischem Marmor eingebetteten Pool liegen, ebenfalls umringt von kreischenden Menschen. Ein tanzender Pan mit stacheligem Haar bewachte den üppig erblühten Garten hinter dem Pool.

»Bestimmt kennen Sie schon einige von den Gästen«, schrie Kyle ihr ins Ohr. Die Band war zu einer Latin-Interpretation von »Positively Fourth Street« übergegangen, zu der ein Mann mit rotem Sombrero und roter Schlaghose ins Mikrofon hauchte. »Da drüben ist Vanessa McFarlane aus *Große Leuchten* und das da ist Gus Hanson aus *Unser schönes Leben.*

»Gus Hanson? Wo? Ich fasse es nicht. Tatsächlich. Das ist Gus Hanson!«

»Soll ich Sie bekannt machen? Ist ein alter Surf-Kumpel von mir.«

»Ich weiß nicht, ich weiß nicht. Ich muss mich erst mal beruhigen. Ehrlich gesagt ist das alles ein bisschen viel für mich.«

»Los, ich stelle Sie vor. Er ist wirklich total nett. Oder wollen Sie vielleicht erst was trinken? Champagner mit weißen Walderdbeeren? Müssen Sie probieren.«

Er winkte einen Kellner heran, der ein Tablett mit klirrenden Champagnerflöten balancierte. In jedem Glas schwammen ein halbes Dutzend Walderdbeeren, die Ränder waren mit Zucker verziert.

»Na, das sieht ja toll aus«, sagte Bonnie. »Champagner und Erdbeeren – auf die Idee bin ich ja noch nie gekommen. Nicht dass Duke und ich allzu oft Champagner trinken würden. Eher nie. Duke hat mal eine Essiggurke in sein Bier geworfen, aber das war mehr ein Unfall.«

Kyle führte Bonnie nach draußen. Auf einem weißen, schmiedeeisernen Stuhl saß Gus Hanson umringt von sechs oder sieben kichernden langbeinigen Blondinen. Er hatte dunkle Locken, eine römische Nase und das Hemd bis zum Nabel geöffnet. An den nackten Füßen trug er Flipflops.

»Gus ... ich wollte dir die Lady vorstellen, von der ich dir erzählt habe. Sie macht das Marrin-Haus sauber.«

Gus Hanson nahm seine goldgetönte Sonnenbrille ab und lächelte Bonnie an. »Hallo, schön dass Sie da sind. Kyle spricht die ganze Zeit von Ihnen. Er kann einfach nicht fassen, was Sie da machen.«

Bonnie fühlte sich nicht wohl in ihrer Haut. »Na ja«, sagte sie, »irgendjemand muss es ja machen. Ist eigentlich eine Dienstleistung wie jede andere.«

»Aber an so was denkt man ja nie. Man fragt sich nie, was passiert, nachdem irgendjemand ausgeflippt ist und seine Familie abgeschlachtet hat. Man denkt ja nie daran, wer das nachher wegwischt, stimmt's?«

»Und das machen Sie?«, fragte eine der langbeinigen Blondinen und zog dabei ihre kleine Nase kraus.

»Genau. Ich mache Ordnung am Tatort. Wie ich schon sagte, es ist eine Art Dienstleistung.«

»Waren Sie schon drüben bei den Marrins?«, fragte Gus Hanson.«

»Klar. Ich musste ja einen Kostenvoranschlag machen.«

»Und wie ist das so? Ich meine ... da sind ja Menschen gestorben.«

»Eigentlich ist alles verbrannt. Da gibt's nicht viel zu sehen.«

Kyle Lennox mischte sich ein. »Die Leiche von dem Jungen hing an der Tür, kannst du dir das vorstellen? Er brannte schon wie eine Fackel, aber wollte aus dem Haus und ist dann sozusagen mit der Farbe an der Tür verschmolzen.«

»Heilige Scheiße«, sagte Gus Hanson. »Und das kann man noch sehen? Also wo er drangeklebt hat und so?«

Bonnie war heiß. Sie hatte das Gefühl, viel zu warm angezogen zu sein. Sie spürte Schweißtropfen ihr Rückgrat herunterrinnen und unter dem Bund ihres Höschens verschwinden. Als sie einen Schluck Champagner nahm, blieb Zucker an ihrer Oberlippe hängen. »Moment«, sagte Kyle Lennox und wischte mit einem Leinentaschentuch die Kristalle von ihrer Lippe. Eine intime und höchst peinliche Geste, wie Bonnie fand. Sie kam sich vor wie ein Kind.

In diesem Moment kam ein kleiner wohlbeleibter Mann um den Pool auf die Gruppe zu. Seine Glatze glänzte wie ein verbeulter, bronzener Türklopfer, die Augen waren unsichtbar hinter der dicken schwarzen Sonnenbrille. Er trug ein knallbuntes Hemd mit roten, grünen und gelben Streifen und eine weite grüne Leinenhose.

»Bonnie«, sagte Kyle, »das ist mein Produzent Gene Ballard. Gene, das ist Bonnie.«

Der Produzent streckte Bonnie etwas entgegen, das mehr wie ein Schweinefuß mit Goldringen als wie eine Hand aussah. Er hatte eindeutig zu viel Fahrenheit Aftershave benutzt. »Eine Riesenfreude, Sie kennen zu lernen, meine Liebe. Kyle hat die Gabe, immer die interessantesten Leute auf seinen Partys zu versammeln. Raten Sie mal, wer bei seinem letzten kleinen Treffen auftauchte. Tasha Malova. Dieser Transvestit, der was mit dem Polizeichef hatte. Sie hätten ihn sehen sollen. Sie sehen sollen. Es. Wie auch immer. Sah einfach phantastisch aus. Wirklich überwältigend. Ist über eins neunzig und hat eine Stimme wie ein verdammtes Nebelhorn. Und dazu dieser blaue Minirock, der nicht mal den Arsch bedeckte.« Er lachte bauchig glucksend in die Runde, wie um sicherzugehen, dass alle mitlachten.

»Hey Bonnie«, rief Gus Hanson, »haben Sie mal irgendetwas abgelehnt, weil es sogar Ihnen einfach zu eklig war?«

»Und Sie?«, schoss Bonnie zurück. »Haben Sie mal etwas abgelehnt, das Ihnen zu eklig war?«

»Klar. Ich habe abgelehnt, mich für *Playgirl* fotografieren zu lassen.«

»Sie haben abgelehnt, sich für *Playgirl* fotografieren zu lassen?«

»Genau«, tönte Gus. »Ich will für meine Rollen respektiert werden und nicht für mein Sexappeal. Eine Sexszene im Film ist natürlich was anderes, da werde ich kaum Hemd und Krawatte anlassen, aber mir geht es um das Sein und nicht um den Schein.«

»Also«, sagte Gene Ballard, »wie kommt eine hübsche Lady wie Sie denn dazu, Leichen wegzuräumen?«

»Ich kümmere mich nicht um menschliche Überreste. So nennen wir das: Überreste. Um die kümmert sich die Gerichtsmedizin. Ich reinige nur den Tatort nach der polizeilichen und gerichtsmedizinischen Untersuchung. Vorhänge, Teppiche und so. Im Grunde wie eine ganz normale Reinigungsfirma, allerdings spezialisiert.«

Gene Ballard nickte. Wenn seine Brille nur nicht so schwarz wäre, dachte sie. Fast schien es, als hätte der Produzent gar keine Augen.

»Wie lange filmen Sie an einer Folge von *Die Wilden und die Widerspenstigen*?«, fragte sie. »Ich meine, müssen da viele Szenen wiederholt werden, oder geht das in einem Rutsch?«

»Aber Sie haben schon Leichen gesehen, oder?«

»Na ja, natürlich hab ich schon Leichen gesehen. Aber nicht sehr viele.«

»Die grässlichste Leiche, die Sie je gesehen haben?«

Bonnie spürte, dass alle Augen auf ihr ruhten, dass alle lauschten. Sogar die Samba-Band beendete mit einem letzten klirrenden Gitarrenakkord in diesem Augenblick ihre Version von »Positively Fourth Street«. Nur das Lachen der anderen Gäste am Pool und die Stimmen aus dem Haus waren noch zu hören.

»Das ist ... das ist schwer zu sagen. Jeder Fall ist auf seine Art tragisch.«

Gene Ballard legte seinen Arm um Bonnies Hüfte und drückte ihren Rettungsreifen über dem Hosenbund.

»Haben Sie zum Beispiel – schon mal jemanden ohne Kopf gesehen? So was Ähnliches?«

»Vor gut einem Jahr habe ich in Culver City eine Frau ohne Kopf gesehen, ja.«

»Wie ist das passiert? Ich meine, wie hat sie ihren Kopf verloren?«

»Ihr Mann hat sie mit einer Machete angegriffen. Er hat so lange auf sie eingehackt, bis der Kopf sauber abgetrennt war.«

Eines der Mädchen japste schockiert. Gene Ballard fragte: »Und wo war diese Frau, als Sie sie gesehen haben?«

»Im Schlafzimmer. Solche Taten geschehen meistens im Schlafzimmer. Die Leute kommen nachts nach Hause, sind betrunken oder stoned ...«

»Viel Blut, möchte ich wetten.«

»Oh ja.« Bonnie versuchte sich aus Genes Griff zu befreien, aber es gelang ihr nicht.

Lässig legte Gus die Füße auf den Tisch vor Gene. Er grinste. Kyle Lennox schaute in die Runde, als wollte er sagen: »Hab ich euch zu viel versprochen? Das ist eine Type, oder?«

»Und diese Frau«, bohrte Gene Ballard weiter, »hatte die irgendwas an, als sie sie gesehen haben? Oder war sie nackt?«

»Sie war ... sie war unbekleidet.«

»Sie lag also nackt und ohne Kopf auf dem Bett? Auf dem Rücken oder auf dem Bauch?«

»Eigentlich möchte ich nicht über diese Details sprechen, verstehen Sie?«

»Waren ihre Beine gespreizt?«

Bonnie griff hinter sich und schob energisch seinen Arm weg. »Wie ich schon sagte, Mr Ballard, sind all diese Fälle Tragödien. Sehr persönliche Tragödien. Ich mache diese Arbeit nicht, um meinen Voyeurismus zu befriedigen.«

»Hey, ich wollte Sie nicht beleidigen. Nichts für ungut. Ich bin nur an Ihrer Arbeit interessiert. Wir anderen hier sind doch alle nur mit Fiktion beschäftigt, mit Geschichten. Das einzige Blut, das wir zu sehen kriegen, kommt aus der Tube. Das, was Sie dagegen tagtäglich sehen, ist das richtige Leben.«

»Hab ich schon mal gehört.«

»Also was war das Grässlichste? Die Frau mit Körper, aber ohne Kopf? Oder vielleicht eine Frau mit Kopf, aber ohne Körper?«

Gus Hanson brach in Gelächter aus. Kyle Lennox applaudierte. Bonnie sagte: »Wenn Sie mich jetzt entschuldigen würden«, und stellte ihr Champagnerglas auf den Tisch. Gus wollte die Füße vom Tisch nehmen und stieß an das Glas, sodass es auf dem Marmorboden in tausend Stücke zerbrach und die Walderdbeeren herumkullerten.

»Tut mir Leid«, sagte Bonnie. »Das war nicht meine Absicht. Sagen Sie mir einfach, was das Glas kostet und ich kaufe Ihnen ein neues.«

Lächelnd schüttelte Kyle den Kopf. »Das war Waterford Crystal, kostet so um die hundertfünfzig Dollar, aber vergessen Sie's einfach.«

»Tut mir wirklich Leid«, murmelte Bonnie noch einmal und schob sich dann durch die Menschen im Wohnzimmer in Richtung Ausgang. Sie zog ein paar neugierige Blicke hysterisch kreischender Mädchen auf sich, dann war sie durch die Tür und stand wieder den zwei Teenagern vom Parkdienst gegenüber.

»Hey, Sie gehen schon wieder.«

»War ein Irrtum«, sagte Bonnie und versuchte dabei, ihre Stimme ruhig klingen zu lassen. »Hab mich in der Party geirrt.« Die Absätze ihrer Sandalen klackerten laut auf dem Asphalt, während sie auf dem Lincoln Boulevard davoneilte.

»Bonnie«, rief hinter ihr Kyle Lennox, »Bonnie, warten Sie doch.«

Sie drehte sich nicht um. Sie wollte nur weiter, weiter bis zu ihrem Pick-up, und nie in ihrem Leben wieder an Kyle Lennox oder *Die Wilden und die Widerspenstigen* denken. Sie verfluchte ihre Eitelkeit. Was hatte sie sich denn vorgestellt? Dass Kyle Lennox sie zu seiner Party eingeladen hatte, weil sie so schön und reich und berühmt war? Mit ihrer Rüschenbluse und ihren Hosen, aus denen das Fett quoll, hatte sie doch zwischen all diesen Filmstars wie die Kellnerin in einem billigen Diner ausgesehen. Was hatte sie sich nur dabei gedacht? Und dann noch der Lycra-Badeanzug in der Plastiktasche?

Kyle Lennox lief ihr noch ein paar Schritte hinterher, winkte dann ab und ging zurück zu seinen richtigen Gästen.

Bonnie kam gerade rechtzeitig zu ihrem Wagen, um zu sehen, wie ein Polizist einen Strafzettel unter ihren Scheibenwischer klemmte.

Später im Dunkel der Nacht

In ihren Augen brannten heiße Tränen, als sie sich in dieser Nacht in ihrem Bett so fest wie möglich zusammenrollte. Sie wollte eigentlich nicht weinen, aber ihre Kehle schmerzte so sehr, dass sie laut aufschrie.

Noch einmal und noch einmal entrang sich ein Schrei ihrer Kehle und dann begann sie so heftig zu weinen, dass sie kaum Luft bekam.

Duke setzte sich im Bett neben ihr auf. »Was gibt es denn verdammt noch mal zu lachen?«

Sie schnappte nach Luft, wollte antworten, aber konnte nicht.

»Es ist halb drei Uhr morgens. Was zum Henker ist so komisch?«

»Ich lache doch gar nicht«, sagte sie schließlich und wischte sich die Tränen mit dem Betttuch vom Gesicht. »Ich weine.«

»Du weinst?« Es entstand eine lange Pause. »Warum weinst du?«

»Ich weiß es nicht, Duke. Vielleicht habe ich nur was Trauriges geträumt.«

»Was Trauriges geträumt? Du hast also was Trauriges geträumt und musst deshalb gleich den Gesang der Wale anstimmen?«

»Es tut mir Leid.«

»Ja ja, aber tu mir bitte den Gefallen und schlaf jetzt. Und komm ja nicht auf die Idee, was Lustiges zu träumen.«

Bonnie wischte sich mit den Händen über die Augen. »Nein, Duke«, schniefte sie, »bestimmt nicht.«

Pasadena oder
AM SCHÖNSTEN IST ES IMMER WOANDERS

»Phil, ich möchte dir Bonnie vorstellen. Bonnie, das ist Phil Cafagna, Chefeinkäufer von Pacific Pharmacy.«

Der Mann mit den grauen Haaren im grauen Anzug küsste galant ihre Hand. »Ich bin entzückt und fühle mich in meiner Ansicht bestätigt, dass Ralph einen außergewöhnlichen Geschmack hat.«

»Bonnie ist eine unserer besten Mitarbeiterinnen, Phil. Dank ihr haben wir unseren Turnover dieses Jahr um sechs Prozent steigern können.«

»Kein Wunder, wenn ich sie mir so anschaue«, sagte Phil lächelnd. Seine blauen Augen glänzten im sonnengebräunten Gesicht. Irgendwie erinnerte er Bonnie an Blake Carrington aus dem *Denver-Clan*. Nur seine Frisur wollte nicht passen, denn sie schien an zwei Wirbeln teuflische Hörnchen zu bilden. Bei genauerem Hinsehen entpuppte sich das Haar als Toupet.

»Bis später, Bonnie«, sagte Phil und verschwand in der Hotellobby.

»Vor dem musst du dich hüten«, sagte Ralph leise, »das ist ein Wolf im Schafspelz.«

»Den Pelz hat er wohl mehr auf dem Kopf.«

Ralph legte mahnend einen Finger auf die Lippen.

»Von seiner Laune kann unser Geschäft abhängen. Pacific Pharmacys hat über zweihundertachtzig Filialen an der Küste zwischen Eureka und San Diego. Wenn er unsere Produkte mag, sind wir gerettet.«

»Solange ich ihm dafür nicht den Pelz kraulen muss.«

Bonnie und Ralph standen in der Lobby des Ramada Inn am East Colorado Boulevard in Pasadena, Kalifornien. Die Lobby war voll mit Einkäufern und Händlern aus der Kosmetikbranche, und ein überwältigendes Duftgemisch aus Parfüm, Eau de Toilette, Aftershave und Deodorant hing in der Luft. Bonnie trug eine pinkfarbene Kombination aus gewachster Baumwolle, und verglichen mit ihren Konkurrentinnen und Kunden im weiten Rund kam sie sich underdressed und ungeschminkt vor. Ralph hatte sich für die Gelegenheit ein schickes sportliches Jackett geleistet und sich sogar eine Orchidee ins Knopfloch gesteckt. Die Aufschläge seiner Hosen schwebten trotzdem drei Zentimeter über dem Spann seiner Gucci-Slipper.

»Okay, es läuft so: Unsere Hauptpräsentation ist um sieben, danach gibt's Cocktails und Smalltalk und sechs kleinere Präsentationen sowie die Moist-Your-Eyes-Promotion. Sobald wir eingecheckt haben, gehen wir alles noch mal durch.«

»Ralph, ich wollte dir noch danken. Dafür, dass du es noch mal mit mir versuchst.«

»Unsinn. Ich hätte dich nie feuern dürfen. Schließlich hast du doch Familie und Verantwortung.«

»Zumindest so was Ähnliches wie eine Familie.«

»Macht Duke immer noch Schwierigkeiten?«

»Woher weißt du ...?«

»Unsere Firma ist nicht sehr groß, Bonnie. Es gibt nicht viel, was ich nicht weiß. Schon gar nicht, wenn es um Mitarbeiter geht, die mir wirklich am Herzen liegen.«

»Ach ja? Jedenfalls kriegen wir das schon geregelt.«

Die Glamorex-Präsentation lief noch viel besser, als Bonnie sich erhofft hatte. Die Werbefilme für die Produkte waren alle an Schauplätzen und in Kulissen bekannter Seifenopern gedreht worden. Auch die Drehbücher hatten diesen gefühligen, witzigen Seifenopern-Stil, in dem Frauen erklärt wurde, dass sie mit »My Mystery«-Lidschatten wie Millionärsgattinnen aussahen und mit »Angel Glitter«-Bodylotion den Kerl ihrer Träume rumkriegten.

In der Kulisse des Insomnia-Coffeehouses aus *Dreist und sexy* legten junge Mädchen funky Tanzschritte aufs Parkett, um eine neue Generation von »Disco Nights«-Nagellacken vorzuführen. Im Colonnade Room aus *Reich und rastlos* dinierten distinguierte Herrschaften und präsentierten perfekte Frisuren dank »Loving Embrace«-Haarspray.

Nach der Präsentation wurden Champagner und Kanapees gereicht. Zwei schöne Visagistinnen, eineiige Zwillinge, führten die neuen Produkte von Glamorex für alle Interessierten vor. Hinter vorgehaltener Hand nannte Ralph sie nur die »hirnamputierten Barbiepuppen«.

Nachdem Bonnie noch ihre Sprüche für »Moist Your Eyes« heruntergerasselt hatte, kam Phil Cafagna zu ihr herüber und erhob sein Glas. »So was wie Sie nennt man Betriebskapital, Bonnie. Ralph kann von Glück sagen, dass er Sie hat.«

»Er ist ein guter Chef, Mr Cafagna.«

»Mein Güte, nennen Sie mich doch Phil. Ein Glas Wein vielleicht?«

Er schnappte sich ein Glas vom Tablett eines vorbeieilenden Kellners und reichte es ihr. »Einen Toast«, forderte er. »Auf das wahre Gesicht hinter der geschminkten Maske!«

Bonnie wusste zwar nicht genau, was er damit meinte, stieß aber trotzdem mit ihm an.

»Und was ist mit Ihnen, Bonnie?«, fragte er. »Wie sieht Ihr wahres Gesicht aus, wenn Sie nicht gerade Glamorex-Kosmetik verkaufen. Wer sind Sie?«

»Mutter und Ehefrau.«

»Das hab ich nicht gemeint. Die Begriffe Mutter und Ehefrau definieren Ihr Verhältnis zu anderen, aber sie sagen mir nichts über Sie.«

»Ich bin mir nicht ganz sicher, wie ich wirklich bin. Gut, hoffe ich. Jemand, auf den man sich verlassen kann und der anderen hilft, wenn sie einen brauchen.«

»Bestimmt tun Sie das. Sie wirken auf mich wie ein sehr fürsorgender Mensch. Andererseits spüre ich auch, dass Sie nur sehr selten ausbrechen und ganz Sie selbst sein können.«

Bonnie sah ihn an und schüttelte ganz leicht den Kopf, um zu zeigen, dass sie nicht wusste, wovon er sprach.

Er nahm ihren Arm und führte sie zum Fenster. Eine angenehme warme Brise wehte Fetzen von Tanzmusik herein.

»Jeden Tag arbeite ich mit Frauen und für Frauen. Es ist sozusagen mein Beruf, Frauen zu verstehen«, sagte

Phil. »Heutzutage streben sie nach Unabhängigkeit, machen Karriere und auch ansonsten so ziemlich alles, wozu sie Lust haben. Aber wissen Sie was, Bonnie? Trotzdem stecken Frauen immer noch in derselben Falle. Alle. Bis zu dem Augenblick, in dem sie jemandem begegnen, der sie befreit. Und das ist es, was Sie brauchen, Bonnie. Jemanden mit dem Schlüssel für Ihre Falle, dem Schlüssel zur Freiheit.«

Sie schlenderten unter den Arkaden entlang, Wind raschelte leise in den Blättern der Kletterpflanzen über ihnen. Die Band spielte eine etwas zähe Version von Lyle Lovetts »Nowbody knows me«. Bonnie hatte das Gefühl, das erste Mal seit Jahren innerlich wieder ganz entspannt und ruhig zu sein. Sie empfand die Situation sogar als romantisch.

»Noch ein Glas Wein?«, fragte Phil.

»Besser nicht. Ich habe morgen noch einen Frühstückstermin, und dann geht's gleich zurück nach L.A.«

Plötzlich blieb Phil stehen und sah ihr in die Augen. »Sie sehen toll aus, Bonnie. Sie könnten alles haben, und es schmerzt mich mitanzusehen, wie Sie leiden.«

»Ich leide nicht, Phil. Ich bin eine normale, hart arbeitende Frau wie viele andere.«

»Das glauben Sie. Aber ich erkenne Leid. Ich spüre Leid Meilen gegen den Wind.«

Bonnie zuckte mit den Achseln. »Ich habe natürlich auch so meine Probleme.«

»Ihr Mann sieht Ihr Potenzial nicht.«

»Um ehrlich zu sein: Ich glaube, mein Mann sieht mich überhaupt nicht.«

»Und mit den Kindern gibt es nur Ärger.«

»Kind. Wir haben nur eins. Ray ist siebzehn. Aber

was kann man von dem Alter erwarten. Es ist schwierig, erwachsen zu werden.«

»Also, was werden Sie unternehmen?«

»Unternehmen? Was denken Sie denn? Ich werde morgen nach Hause gehen, so wie immer.«

»Und wenn ich sagen würde: Tun Sie's nicht.«

»Ich muss, Phil. Was soll ich denn sonst tun?«

»Bleiben Sie bei mir. Wenigstens diese Woche. Wir könnten segeln gehen vor Catalina Island, wir spazieren am Strand, essen Hummer und trinken Champagner.«

Bonnie schüttelte lächelnd den Kopf.

»Hören Sie, Bonnie«, sagte er, »viele halten mich für eine Art Casanova, der Frauen abschleppt, mit ihnen schläft, sie wegwirft und sich die Nächste holt. Aber das ist es nicht. Ich ertrage das Leid von Frauen nicht, die nie zu sich selbst finden. Ihre Ehemänner gewähren diesen Frauen keine Freiheit, weil sie ihnen dienen sollen. Ihre Chefs gewähren diesen Frauen keine Freiheit, weil sie dann vielleicht fordern würden, was ihnen zusteht. Und so geht es jahrein, jahraus. Bis sie eines Tages erkennen müssen, dass das Leben an ihnen vorbeigegangen ist und Spuren hinterlassen hat. Nur der Lebensabend wartet noch auf sie. Ich nenne so ein Leben Gefängnis – lebenslänglich.

Ich habe meinen Spaß daran, diesen Frauen Bewährung zu geben. Es macht mir Spaß, ihnen zu zeigen, wie interessant und attraktiv sie sind. Manchmal haben wir Sex, manchmal nicht. Das ist nicht so wichtig. Wichtig ist, die Zellentür ihres bisherigen Lebens weit aufzureißen und hineinzuschreien: Komm raus! Lass uns spielen, lass uns leben, ohne Zügel, ohne Verantwortung, ohne Beschränkung. Komm lass uns tanzen und die Luft der Freiheit atmen!«

Bonnie leerte ihr Champagnerglas. Dann stellte sie sich auf die Zehenspitzen und gab Phil einen Kuss auf die Backe. »Darf ich mal was sagen?«

»Natürlich. Sie sind ein freier Mensch, auch wenn Sie's nicht glauben.«

»Keine Zügel, keine Verantwortung, keine Beschränkung?«

»Keine.«

»Das, was Sie da gerade gesagt haben ... dass Sie mir Bewährung geben wollen und so ... also ich habe in meinem ganzen Leben noch nie so gönnerhafte Scheiße gehört.«

Sie sagte das mit einem so süßen Lächeln, dass er für volle drei Sekunden die Bedeutung ihrer Worte nicht verstand. Dann erst begann es, in seinem Gesicht zu arbeiten. Ganz offenbar kämpfte er mit sich und suchte nach einer möglichst würdevollen Erwiderung.

»Sie halten das für gönnerhafte Scheiße?«, sagte er schließlich. Er hatte sich unter Kontrolle, aber in seiner Stimme lag eine neue Schärfe.

»Wenn Sie mich fragen, ja. Und das sage ich als Frau, die jeden Tag den ganzen Tag mit Männern zu tun hat.«

»Wir werden in dem Fall wohl nicht die Nacht zusammen verbringen?«

»Halte ich für sehr unwahrscheinlich.«

»Verstehe. So unwahrscheinlich wie die Aussicht auf nur eine einzige Bestellung bei Glamorex?«

»Soll das eine Drohung sein?«

»Nein, Schätzchen. Das sollten Sie aber besser wissen. Das ist keine Drohung, sondern nur gönnerhafte Scheiße.«

Als Bonnie in die Hotelbar kam, schüttete Ralph gerade Whisky Sours in sich hinein. Sie setzte sich auf den Hocker neben ihm und bestellte beim Barmann einen Spritzer. Eigentlich war ihr mehr nach einem Bier zumute, aber sie hatte sich vorgenommen, auf ihre Figur zu achten.

»Heute feiern wir«, verkündete Ralph und hob sein Glas. »Heute Nachmittag haben wir mehr Bestellungen reingekriegt als in den ganzen letzten sechs Monaten zusammen. Und das haben wir vor allem dir zu verdanken!«

»Ralph ...«

»Keine falsche Bescheidenheit. Das hast du toll gemacht. Phil Cafagna hat dir ja praktisch aus der Hand gefressen. Wie konnte ich nur je auf den Gedanken kommen, dich zu feuern? Aber du hast mir schon vergeben, oder?«

»Ralph, es gibt nichts, was ich dir vergeben müsste.«

»Von wegen. Wenn ich ehrlich sein soll, Bonnie, war ich eifersüchtig. Ja, eifersüchtig, weil ich dich nach Pasadena mitnehmen wollte und du nicht konntest wegen deinem Sohn und deinem Mann. Ja, ich gebe es zu.«

»Du hast gar keinen Grund zur Eifersucht, Ralph.«

»Hab ich doch.« Er beugte sich zu ihr vor und schaute ihr in die Augen, als wolle er ganz sichergehen, dass er die Richtige vor sich hatte. »Ich liebe dich, Bonnie. Darum geht es. Ich liebe dich, seit ich dich das erste Mal gesehen habe, und seitdem liebe ich dich noch viel mehr. Verstehst du das?«

»Du hattest ein paar Drinks zu viel, Ralph.«

»Stimmt. Denen verdanke ich ja den Mut, dir endlich meine Gefühle zu gestehen, genau. Du bist einfach die begehrenswerteste Frau, die ich jemals getroffen habe.«

»Ich fühle mich geschmeichelt, Ralph, aber du bist ein verheirateter Mann und ich bin eine verheiratete Frau.«

»Na und? Ist doch egal. Du und ich wissen, dass wir mit den Falschen verheiratet sind.«

»Ich muss dir etwas sagen, Ralph, etwas sehr Unangenehmes.«

»Schhh, sag jetzt nichts, mach es nicht kaputt.«

»Was?«

»Die Illusion von einem Pärchen, das an der Bar noch kurz einen Drink nimmt, bevor es sich mit einer Flasche Schampus aufs Zimmer zurückzieht und dort wilden Sex hat.«

»Das ist eben eine Illusion.«

Ralph nahm seine Brille ab. »Bist du sicher?«

Auf Ralphs Nachttisch

Bonnie öffnete die Augen und sah auf dem Nachttisch neben sich:

- Ralphs Brille
- Ralphs Sekonda-Armbanduhr aus rostfreiem Stahl
- einen Glamorex Werbekuli
- eine angebrochene Packung Fisherman's Friend
- sechsundachtzig Cent Kleingeld
- einen Hotelblock, auf den jemand das Wort »Ekstase« geschrieben hatte

AM NÄCHSTEN MORGEN

Ralph liebte sie am nächsten Morgen noch einmal. Stumm. Wie ein entspannter, geübter Schwimmer bewegte er sich langsam und gleichmäßig auf und ab. Nicht einmal ließ sein Blick von ihr ab.

Er sah viel jünger aus ohne Brille. Fast hätte man ihn als hübsch bezeichnen können. Auch sein Körper war überraschend gut gebaut.

Er atmete ruhig und gleichmäßig durch die Nase. Nur manchmal beugte er sich nach unten, um Bonnie zu küssen.

Als er zum Höhepunkt kam, packte er ihren Nacken und zog ihren Kopf an seine Brust. Sie hatte das Gefühl, als wolle er sie ganz umfangen und so halten und schützen bis in alle Ewigkeit.

Danach lagen sie Seite an Seite, und die Morgensonne fiel in breiten scharfen Streifen auf das Bett.

»Wir sollten wohl besser langsam aufstehen«, sagte Ralph, nahm seine Uhr vom Nachttisch und hielt sie sich nah vor das Gesicht. »Um acht haben wir dieses PR-Frühstück.«

Bonnie malte mit dem Finger kleine Kreise auf seine nackte Schulter. »Das ist schon irgendwie komisch. Duke war überzeugt davon, dass du versuchen würdest, mich ins Bett zu kriegen, und ich hab gesagt, du hättest nicht den Hauch einer Chance.«

»Und tut's dir Leid?«

»Mit tut nur Leid, dass wir damit so lange gewartet haben. Ich hatte schon ganz vergessen, wie schön es sein kann.«

»Es geht gar nicht so sehr um Sex, finde ich. Es geht um die Persönlichkeit. Vanessa strahlt so viel Persönlichkeit aus wie ein leerer Koffer.«

»Du bist ein guter Liebhaber.«

Er küsste sie. »Ich hoffe, das ist erst der Anfang, Bonnie.«

»Wir haben beide Verantwortung, Ralph, wir sind keine Kinder mehr.«

»Gerade deshalb wünsche ich mir, dass das erst der Anfang ist.«

Sie setzte sich auf. Sie wusste nicht, was sie sagen sollte, schließlich hatte sie selbst kaum verstanden, was passiert war. Es war aufregend, schmeichelhaft und gefährlich.

Doch an diesem Morgen war die Welt nicht mehr so, wie sie noch am Abend zuvor gewesen war. Etwas hatte sich über Nacht verschoben. Alles sah vertraut aus, und doch war alles fremd.

Bonnie stand auf und ging zum Fenster. Eine Hand hatte sie wie schützend auf ihren Unterleib gelegt. Ralph beobachtete sie vom Bett aus, sah zu, wie sie die Vorhänge zurückzog. »Am liebsten würde ich weglaufen«, sagte sie und drehte sich zu ihm um. »Weglaufen und nie mehr wiederkommen.«

»Warum nicht. Wir können alles tun, was wir wollen.«

»Nein, können wir nicht. Wir haben beide Unternehmen zu führen. Menschen verlassen sich auf uns.«

»Wir verkaufen unsere Geschäfte und leben als Hippies in San Francisco.«

»Träum weiter, Ralph Kosherick.«

»Wer sagt, dass das Träume bleiben müssen, Bonnie Winter?«

Sie ging zum Bett hinüber, setzte sich auf die Kante und streichelte ihm durch das Haar. »Mir ist es lange nicht so gut gegangen, weißt du das?«

»Ich weiß. Mir auch nicht. Und darum will ich, dass das erst der Anfang ist.«

»Wir werden sehen«, sagte sie und küsste ihn auf die Stirn.

Das Kind in der Kiste

Ihren Wagen stellte sie hinter dem Chevy von Dan Munoz ab, stieg aus und ging die Auffahrt hoch. Dan stand an der Tür. Er unterhielt sich mit einem verhutzelten alten Mann im Safarianzug.

»Hallo, Bonnie.«

»Hallo, Dan. Nette Krawatte.«

»Danke. Von Armani. Darf ich dir George Keighley vorstellen? Er ist der Vermieter und wird uns alles zeigen. Dann kannst du sagen, was das kosten wird. George, das ist Bonnie Winter, die beste Putzfrau der Stadt, die Königin der Reinemachefrauen.«

George Keighley nickte ihr zu und hustete keuchend. Seine Haut hatte die Farbe von Leberwurst, die zu lange an der Sonne gestanden hatte. Seine Ohren waren groß und haarig und erinnerten an einen Hobbit.

Das Haus am Ivanhoe Drive sah mit seinen gelben Wänden, grünen Fensterläden und dem roten Dach aus, als hätte man ein Kind mit den Malerarbeiten beauftragt. Der Vermieter führte Dan und Bonnie in den schmalen Flur. Er war schlecht gelüftet und merkwürdigerweise mit fünf Esszimmerstühlen zugestellt. Von dort aus betraten sie das L-förmige Wohnzimmer. Sessel und Sofa passten nicht zusammen, dazwischen stand ein Beistelltischchen aus den Sechzigern, das orangefarbene Holzkugeln statt Beine hatte.

»Haben Sie über den Fall was im Fernsehen gesehen?«, fragte Dan

»Nein. Was ist passiert?«

»Mieter des Hauses ist ein David Hinsey, vierundzwanzig. Er wohnte hier mit seiner Freundin Maria Carranza, zweiundzwanzig, und dem gemeinsamen Sohn Dylan, zweieinhalb Jahre alt. Hinsey hat Fernseher repariert und Carranza war Kassierin bei Kwik-Mart. Weil sie sich keinen Babysitter leisten konnten, haben sie den kleinen Dylan jeden Morgen zusammen mit einem Becher Orangensaft und ein paar Keksen in eine große zugeklebte Kiste eingesperrt, Luftlöcher hineingemacht und den Fernseher angemacht, damit er sich nicht so allein fühlte.«

»Mein Gott«, sagte Bonnie. »Wie lange musste er da drin bleiben?«

»Sechs bis sieben Stunden. Wenn Hinsey Überstunden machen musste, auch schon mal länger. Die Nachbarn wussten nicht, dass Hinsey und Carranza überhaupt ein Kind hatten.«

»Hier lang«, sagte George Keighley und hustete wieder. Sie gingen an einem muffig riechenden Badezimmer vorbei. Bonnie sah, dass die gläserne Tür der Duschkabine einen langen Riss hatte. Sie kamen zum Schlafzimmer.

»Wegen der Plünderer musste ich die Fenster geschlossen halten, darum stinkt es hier ein bisschen.«

Er öffnete die Tür und in dieser Sekunde nahm Bonnie den scharfen Gestank von geronnenem Blut wahr. Sie trat ein und sah sich um. Orange Vorhänge verdüsterten das Zimmer, und es brauchte einige Augenblicke, bis Bonnie sich an die Lichtverhältnisse gewöhnt hatte und etwas erkennen konnte. Die typische, niederschmetternde Atmosphäre eines Ortes, an dem etwas Furchtbares geschehen war, spürte sie jedoch sofort, und das stärker als je zuvor in ihrem Leben. Ein unaussprechliches Grauen lag in der Luft. Was sich hier abgespielt haben musste, war wie eine Szene direkt aus der Hölle.

An der einen Seite des Raumes standen zwei Betten mit den Kopfenden aneinander. Bettwäsche gab es nicht, nur zwei alte, durchgelegene blaue Matratzen. Die Matratzen waren voller Blutflecken. An der Wand hinter den Matratzen waren Blutspritzer, blutige Handabdrücke, verschmierte und getrocknete Exkremente.

»Hinsey und Carranza konnten sich deshalb keinen Babysitter leisten«, sagte Dan, »weil sie ihr gesamtes Geld für Speed und Crack brauchten. Was genau passiert ist, werden wir wohl nie erfahren, aber es sieht so aus, als hätte Carranza sich aus Hinseys Drogenvorrat bedient. Der kam von der Arbeit nach Hause und überraschte sie dabei. Es kam zum Streit, Hinsey stach Carranza mit einem Küchenmesser nieder. Nicht nur einmal, obwohl schon der erste Stich tödlich war. Er hat zweihundertundsiebenmal auf sie eingestochen. Überall. Sogar in ihr Gesicht.«

»Und dann?«, sagte Bonnie. Sie hatte sich auf den blassgrünen Teppich gekniet, um einen rechteckigen dunklen Fleck besser begutachten zu können.

»Wir vermuten, dass Hinsey sich selbst getötet hat, nachdem ihm klar geworden war, was er angerichtet hatte. Er hat sozusagen Seppuku begangen, sich entleibt, stach sich mit dem Messer in den Bauch und dann so und so zickzack, bis seine Eingeweide vor ihm aufs Bett gefallen sind. Der Gerichtsmediziner meinte, es hätte sicher drei Stunden gedauert, bis er tot war.«

»Was für eine Sauerei«, sagte Bonnie.

Sie strich mit dem Finger durch den Teppich um festzustellen, wie tief der Fleck eingedrungen war. Hoher Polyesteranteil, dachte sie.

Dan stellte sich neben sie. »Natürlich war das Kind noch in der Kiste, und es kam nicht heraus. Erst nach fast einer Woche ist es an Flüssigkeitsmangel gestorben. Er war so hungrig gewesen, dass er sogar begonnen hatte, die Kiste von innen anzunagen.«

Bonnie erhob sich. »Die Kiste stand hier?«, fragte sie und deutete auf den rechteckigen Fleck.

»Korrekt. Als Hinsey nicht mehr zur Arbeit erschien, interessierte das niemanden. Er war immer so unzuverlässig gewesen, dass sie froh waren, ihn los zu sein. Bei Carranzas Arbeitgeber war's dasselbe. Irgendwann kam Mr Keighley, um die Miete zu kassieren. Erst da wurden sie gefunden. Der Gerichtsmediziner ist der Meinung, dass sie hier mindestens drei Wochen lagen. Die Leiche des Kindes war so aufgequollen, dass sie schon fast die Kiste sprengte.

Bonnie sah sich noch einmal in dem Zimmer um. »Das wird nicht sehr teuer, Mr Keighley. Ich entsorge für Sie die Matratzen, reinige die Wände und den Teppich. Dann noch desinfizieren ... Ich würde sagen, das kostet Sie zirka sechshundert Dollar.«

»Sechshundert? Du meine Güte. Man hat mir schon gesagt, dass bei Ihnen nichts übrig bleibt, aber das hab ich wohl falsch verstanden.«

»Das ist mein Preis, Mr Keighley. Und für weniger macht es Ihnen keiner, das garantiere ich. Wahrscheinlich finden Sie überhaupt keinen, der das übernehmen würde.«

»Sie ist die Beste, Sir«, sagte Dan und legte Bonnie eine Hand auf die Schulter.

Mr Keighley blies die Backen auf. »Also schön. Dann geht's wohl nicht anders. Bis wann können Sie das erledigt haben?«

George Keighley fuhr mit seinem auf Hochglanz polierten Cadillac davon, und Bonnie und Dan sahen ihm nach.

»Weißt du, wem der Wagen vorher gehört hat?«, fragte Dan. »Neil Reagan – Ronnies älterem Bruder.«

»Ronald Reagan hatte einen älteren Bruder?«

»Klar. Kann man sich kaum vorstellen, was?« Dan steckte sich eine seiner grünen Zigarren an. »Etwas an dir ist heute anders«, sagte er.

»Keine Ahnung, was du meinst.«

»Du siehst anders aus. Ich weiß auch nicht genau. Vielleicht liegt's an deinen Haaren.«

Bonnie zuckte die Achseln. Aber sie wusste, was er meinte. Seit der Nacht in Pasadena hatte sich etwas verändert. Sie fühlte sich fast wie in einem Rausch.

»Da ist noch etwas, über das ich mit dir reden wollte«, sagte Bonnie. »Ich habe eine Art Falter im Haus der Familie Glass gesehen, und in der Wohnung der Goodmans habe ich seltsame Raupen gefunden. Eine davon habe ich Howard Jacobson von der UCLA gebracht. Er sagte, es sei eine sehr seltene Spezies.«

»Und?«

»Na ja, ich weiß selbst nicht ... Aber er hat gesagt, dass genau diese Falterart in mexikanischen Legenden als Symbol für das Böse gilt. Man sagt dort, dass irgendeine grausame Göttin sich tagsüber in diesen Falter verwandelt, dass sie die Menschen in den Wahnsinn stürzt, sodass sie diejenigen töten, die diese Menschen eigentlich am meisten lieben.«

Dan paffte vor sich hin. »Und was willst du mir jetzt damit sagen? Dass Aaron Goodman besessen war? Der Typ hatte eine Reinigung. Menschen, die eine Reinigung haben, sind nicht besessen.«

»Natürlich nicht. Aber Howard sagt, dass diese Falterart noch nie außerhalb einer bestimmten Region von Mexiko gesehen wurde. Und vielleicht gibt's da ja eine Verbindung. Schließlich hatte die Glass-Familie doch diesen mexikanischen Totenkopf aus Zucker, oder? Und bei den Marrins hing dieses Bild mit den Sombreros. Und die Goodmans hatten ein mexikanisches Hausmädchen.«

»Stimmt. So wie ungefähr eine Millionen andere Familien in Los Angeles.«

»Ich sag ja nicht, dass das was bedeuten muss, aber ich dachte, das interessiert dich vielleicht.«

»Die Krabbler und Maden überlass ich lieber dir, Süße. Kann ich dich zum Essen einladen?«

DUKES LEIBGERICHT

An diesem Abend kochte sie Dukes Leibgericht.

2 ½ Pfund Schweinerippchen
150 ml Ananassaft
3 Esslöffel Sojasoße
3 Esslöffel Sesamöl
4 Knoblauchzehen
1 Chilischote, gehackt
2 Teelöffel frischen Ingwer

Sie ließ die Rippchen in Ananassaft schmoren, bis der Saft fast eingekocht war, dann fügte sie die anderen Zutaten hinzu und ließ alles eine halbe Stunde ziehen. Schließlich füllte sie die Rippchen in eine Auflaufform und ließ alles bei 250 Grad knusprig überbacken.

»Und wie komme ich zu dem Vergnügen?«, fragte Duke mit soßenverschmiertem Kinn.

»Keine Ahnung. Aber es wäre doch zur Abwechslung ganz schön, wenn wir wieder nett zueinander wären, oder?«

Duke zog die Nase hoch und wischte sich mit dem Handrücken über den Mund.

»Du siehst anders aus als sonst. Hast einen anderen Lidschatten, oder so was?«

»Nö, Midnight Caress, wie immer.«

»Wer denkt sich eigentlich so einen Quatsch aus, hä? Midnight Caress!«

Bonnie schöpfte sich Salat auf den Teller. Sie dachte daran, wie Ralph im Morgengrauen seine Hand nach ihr ausgestreckt und sanft ihre Brust umfasst hatte.

»Gibt's noch Bohnen?«, fragte Ray.

»Klar«, sagte Bonnie. »Für dich auch noch, Duke?«

Schon wieder putzen

Am Montag rissen sie als Erstes die orangefarbenen Vorhänge herunter und öffneten die Fenster weit, um den Blutgeruch loszuwerden. Bonnie und Esmeralda trugen ihre gelben Schutzanzüge. Sie schleppten gemeinsam die Matratzen hinaus und warfen sie auf die Ladefläche des Pick-ups. Bonnie deckte sie mit den Vorhängen zu.

Als sie die Betten von der Wand wegzogen, sahen sie, dass die grässlichen Schlieren bis runter zum Boden gingen. Eine undefinierbare Masse hatte sich in der Ecke gesammelt und wucherte vor fetten Maden.

Esmeralda holte den Spezialstaubsauger. Die Maden machten ein sanft klopfendes Geräusch, als sie durch das Staubsaugerrohr in den Beutel gesogen wurden. Es klang fast wie Sommerregen auf einer Fensterbank.

»Wie war's in Pasadena?«, fragte Esmeralda.

»Gut. War ganz gut.«

Auf Händen und Knien besprühte Bonnie den rechteckigen Fleck auf dem Teppich. Sie versuchte den Gedanken daran, was sie da gerade zu entfernen versuchte, zu verdrängen, aber das Grauen kam plötzlich über sie wie eine eiskalte Dusche. Sie stand auf. Sie musste. Sie hatte das Gefühl, jeden Augenblick in Ohnmacht zu fallen.

»Was ist los, Bonnie?«

»Dan Munoz hat gesagt ...«

»Was hat Dan Munoz gesagt?«

»Dan Munoz hat gesagt, dass er die Kiste angenagt hat.«

»Wer? Wovon redest du?«

»Der kleine Junge in der Kiste. Bevor er verhungert ist, hat er versucht, die Kiste zu essen.«

»He, du siehst wirklich nicht besonders gut aus. Geh doch ein bisschen an die frische Luft.«

»Nein, Ich ... Es geht schon.«

»Nein, es geht nicht. Du bist ja weiß wie ein Laken. Geh schon, ich sauge hier noch fertig.«

Bonnie atmete zwei-, dreimal tief ein und aus, aber sie schwankte immer noch und wäre beinahe umgefallen. Außerdem schwitzte sie. Sie schwitzte immer, wenn sie kurz vor ihrer Periode war.

»Es geht bestimmt gleich wieder. Nur ein paar Minuten. Wahrscheinlich liegt's daran, dass ich kein Frühstück hatte.«

»Soll ich dir helfen?«

»Alles klar. Alles klar. Mach du ruhig weiter.«

Sie ging nach draußen. Es war heiß, aber eine Brise kam vom Meer und trocknete den Schweiß auf ihrer Stirn. Sie stieg in ihren Wagen, öffnete die 7-up-Kühlbox und holte eine Cola-Light heraus. Sie nahm einen großen Schluck, der sofort durch ihre Nase wieder zurückkam.

Nie zuvor hatte sie sich so schlecht bei ihrer Arbeit gefühlt. Nicht einmal, als sie damals die Krippe reinigen musste, in der zwei Monate lang tote Babys gelegen hatten. Ihre Hände zitterten. Sie sah ihre bleichen, blutleeren Lippen im Rückspiegel. »Ganz ruhig«, sagte sie laut. »Zähl einfach langsam bis zehn und denk an gar nichts.«

Fünf Minuten später ging es ihr schon etwas besser. Sie stieg aus dem Wagen und ging zurück zum Haus. Ein kleiner Junge mit rosa gestreiftem T-Shirt und hellbraunen Haaren kam auf Bonnie zugelaufen und blinzelte sie gegen die Sonne an.

»Ist das ein Astronautenanzug?«

»Nein ... der Anzug schützt mich vor Bazillen und so.«

»Da drin sind Leute gestorben.«

»Ich weiß.«

»Auch ein kleiner Junge.«

»Ja. Das ist sehr traurig.«

»Ist er noch da drin?«

»Nein. Jetzt ist er im Himmel.«

»Man betet, wenn Leute sterben.«

»Ja. Du kannst doch sicher beten, oder?«

»Da war ein Geräusch in dem Haus.«

»Es ist alles vorbei. Denk am besten gar nicht dran.«

Der Junge formte seine Hände zu Krallen und riss die Augen auf wie ein böser Kobold. »Das klang wie *Grraaarrrhhhh*!«

»Das war sicher ziemlich gruselig.«

»Ich hab noch nie so was Gruseliges gehört«, sagte der Junge. »So *Grrraaaaaarrrrrhhhhh*!«

Aus dem Nachbarhaus trat eine junge rothaarige Frau und rief: »Tyler! Was machst du denn da? Komm jetzt bitte sofort rein!«

Sie sah Bonnie misstrauisch an und blieb demonstrativ so lange in der Tür stehen, bis der Junge hinter ihr im Haus verschwunden war. Bonnie kannte die Reaktion. Niemand wollte etwas mit dem Tod zu tun haben, nicht einmal mit denen, die seine Spuren beseitigten.

Esmeralda war mit dem Staubsaugen fertig und begann gerade damit, die Wände zu reinigen. Der weiche und poröse Gips machte es schwer, die Blutspuren ganz zu entfernen. Ein Blutspritzer ging quer über einen Sessel, also nahm Bonnie einen Spezialreiniger auf Enzymbasis, befeuchtete ein Baumwolltuch damit und tupfte damit vorsichtig auf den Fleck. Sie nahm auch das Sitzkissen vom Sessel und legte es zur Seite. Und unter dem Kissen waren die glänzenden braunen Körper, die gleichen Kokons, die sie schon im Haus der Familie Glass gesehen hatte. Sie nahm einen in die Hand und hielt ihn gegen das Licht. Der Körper war durchsichtig. Sie konnte die Umrisse des Insekts im Innern erkennen.

In der dunklen Ritze des Sessels bewegte sich etwas. Instinktiv schlug sie mit dem Tuch danach, sodass es zuckend auf den Teppich fiel und sich zusammenkrümmte. Es war die Raupe des Apollofalters, ein Exemplar der Art, die sie zu Howard Jacobson ins Labor gebracht hatte.

In diesem Raum war doch Maria Carranza getötet worden. Ein eindeutig mexikanischer Name, dachte Bonnie.

Sie steckte drei der Kokons und die Raupe in eine kleine Plastiktüte und verschloss sie.

»Was hast du da?«, fragte Esmeralda.

»Eine Art Raupe. Dieselbe haben wir bei den Goodmans gefunden, erinnerst du dich?«

»Was machst du mit denen? Willst du die behalten, oder was?«

»Ich hab ein Exemplar zu Professor Jacobson ins Universitätslabor gebracht. Er hat gesagt, die kämen aus Mexiko.«

Esmeralda machte einen Schritt rückwärts und bekreuzigte sich zweimal.

»Wovor hast du Angst?«

»Das ist nicht gut. Du solltest sie töten. Ich hole schnell das Spray.«

»Du weißt, was das für welche sind, stimmt's? Professor Jacobson hat gesagt, es sei eine Art, die man Apollofalter nennt.«

»Du solltest sie töten.«

»Warum?«

»Einfach weil's Ungeziefer ist.«

»Ich weiß nichts von Ungeziefer. Ich weiß nur, dass Professor Jacobson erzählt hat, dass man in Mexiko an eine Göttin namens Opsapopalottel oder so ähnlich glaubt, die sich in einen solchen Falter verwandelt.«

»Sprich den Namen nicht aus«, sagte Esmeralda und bekreuzigte sich wieder und wieder.

»Esmeralda, wir haben diese Viecher jetzt an drei verschiedenen Tatorten gefunden. Du fürchtest dich vor ihnen und ich möchte wissen, warum.«

»Sprich den Namen nicht aus«, schrie Esmeralda. »Ich arbeite nicht mehr für dich! Du darfst den Namen nicht aussprechen!«

»Jetzt beruhige dich doch, Esmeralda. Um Himmels willen! Das sind nur ein paar Raupen. Ich will nur wissen, wo die Verbindung ist.«

Esmeralda hatte die Hände vor das Gesicht geschlagen und stand stumm und regungslos da.

Bonnie starrte auf den rechteckigen Fleck auf dem Teppich und hatte das erste Mal das Gefühl, seinem Anblick gewachsen zu sein. Sie musste herausfinden, warum David Hinsey seine Freundin Maria Carranza umgebracht hatte, warum Aaron Goodman seine Kinder erschossen hatte, warum das Leben der Glasses in einem Blutbad geendet hatte. Wenn sie das alles verstand, wenn sie all diese schrecklichen Dinge um sich herum verstand, konnte sie vielleicht auch ihr eigenes Leben verstehen.

Esmeralda ließ die Hände sinken. »Sprich mit Juan Maderas.«

»Wer ist Juan Maderas?«

»Ein Freund meines Vaters. Er kennt die ganzen alten Geschichten. Und er weiß alles über die Falter.«

»Und wie finde ich diesen Juan Maderas?«

»Ruf mich um drei zu Hause an. Ich spreche mit meinem Vater, und der arrangiert ein Treffen für dich.«

»Und dieser Juan Maderas weiß also alles über diese ... Opsapopalottel oder wie die heißt?«

»Sprich den Namen nicht aus! Niemals! Auch nicht im Spaß!«

Bonnie nahm Esmeralda in den Arm und drückte sie an sich. »'tschuldige Es, ich wollte dir keine Angst machen. Du bist doch meine Freundin, das weißt du doch. Komm schon, ist alles wieder gut? Wir finden schon noch heraus, was das mit diesen Raupen bedeutet.

Wahrscheinlich gar nichts, aber wir finden's heraus. Komm schon, Kleine, hab keine Angst.«

»Ich sollte das Spray holen und sie töten.«

»Das sind doch nur Raupen«, sagte Bonnie.

So standen sie lange. Bonnie hörte den Verkehr rauschen und Flugzeuge vom nahen Flughafen LAX starten. Esmeraldas Kopf lehnte an Bonnies Wange, das Haar war fettig, sie roch nach Schweiß und Küche, aber Bonnie hielt sie so lange, wie Esmeralda Halt brauchte.

Ralph ruft an

Gegen Mittag waren sie fertig. Bonnie war gerade auf dem Weg durch die Stadt zur Riverside-Deponie, als ihr Mobiltelefon klingelte.

Es war Ralph.

»Bonnie! Warum zum Teufel hast du denn nichts gesagt?«

»Wovon sprichst du? Was hätte ich wozu sagen sollen?«

»Das mit Phil Cafagna.«

»Wie bitte? Da war doch nichts mit Phil Cafagna.«

»Das sieht er aber anders. Er sagt, du hättest ihn angemacht, und als er dir gesagt hätte, dass er verheiratet wäre, hättest du ihn übel beschimpft. Und deshalb hat er die ganze Bestellung storniert. Wegen dir.«

»Machst du Witze, Ralph? Ralph Cafanga hat mich angebaggert. Er hat mich voll gequatscht, von wegen er wolle mich befreien und lauter so eine Scheiße. Ich hab ihn nicht beleidigt, ich habe ihm nur gesagt, dass ich kein Interesse an seinem Angebot habe.«

»Bonnie! Er hat die Bestellung storniert. Verstehst du, was das bedeutet? Das sind sechzig Prozent unseres Umsatzes. Ohne Pacific sind wir am Ende.«

»Ich schwöre dir, Ralph, genau so war es. Er hat mich

angesprochen und wollte mit mir ins Bett. Ich hab Nein gesagt. Und das war alles.«

»Verdammte Scheiße! Ich hab fünfzehn Jahre gebraucht, um so weit zu kommen.«

»Hat Phil Cafangna keinen Boss, den man anrufen könnte?«

»Doch. Phil Cafagnas Boss ist sein älterer Bruder Vincent. Glaubst du, den interessiert, was ich sage? Nein, Bonnie. Das war's. Ich bin am Arsch.«

»Hör zu, wir treffen uns, okay. Ich muss nur schnell zur Deponie und dann treffen wir uns. Ich komme sofort rüber.«

»Wozu?«

»Wozu? Damit wir uns was überlegen können.«

»Vergiss es, Bonnie. Da gibt's nichts zu überlegen.«

»Wir bitten Phil Cafagna, die Entscheidung noch mal zu überdenken.«

»Das wird er nicht tun. Er war wirklich wütend, Bonnie.«

»Ich kann das alles einfach nicht glauben, Ralph. Ich will dich sehen. Wir müssen darüber reden.«

»Tut mir Leid, Bonnie. Ich habe einen Termin mit der Bank. Ich ruf dich morgen an.«

»Ralph ...«

»Was glaubst du eigentlich, wie ich mich fühle, Bonnie? Weil's mit Phil nicht geklappt hat, hast du eben mich genommen, die zweite Wahl? Toll. Du hast mich richtig aufgebaut, Bonnie.«

»Ralph, ich muss mit dir reden.«

»Ich kann nicht, Bonnie. Fahr einfach zu deiner verdammten Deponie.«

DUKE GESTEHT

Aber Bonnie fuhr nicht zur Deponie. Sie bog stattdessen auf den Washington Boulevard und fuhr nach Hause. Schon als sie den Wagen vor dem Haus anhielt, hörte sie laute Rockmusik aus dem Garten. Bonnie öffnete die Haustür und rief: »Ray! He, Ray, kannst du mich hören? Mach die verdammte Musik leiser!«

Sie ging in die Küche und sah durch das Fenster in den Garten. Draußen war Ray. Er lag auf einer Liege und spielte mit geschlossenen Augen Luftgitarre. Neben ihm lag Duke mit nacktem Oberkörper und einem Sixpack neben sich. Er bohrte in der Nase.

Bonnie zog die Terrassentür auf und trat hinaus. Sie war schon fast bei ihnen, ehe Duke sie kommen sah. Mit dem Finger in der Nase erstarrte er.

»Was um alles in der Welt machst du hier, Duke?«, fragte Bonnie. »Ich dachte, du fängst heute wieder an zu arbeiten?«

»Die ... äh ... Die haben gesagt, dass sie heute zu viel Leute haben. Und weil sie mich nicht brauchten, haben sie mich wieder nach Hause geschickt.«

»Die haben dich nicht gebraucht? An deinem ersten Arbeitstag?«

»Genau so war's. Das gibt's hin und wieder. Na ja,

das Geschäft geht nur schleppend und ... da braucht man eben nicht so viele an der Bar.«

»Wir sprechen über das Century Plaza Hotel, das dich mitten in der Hauptsaison an deinem ersten Tag nicht hinter der Bar braucht, weil das Geschäft schleppend läuft? Sehe ich das richtig?«

Duke starrte sie nur an. Es war offensichtlich, dass er nicht wusste, was er sagen sollte. Ray lag im Liegestuhl neben ihm und öffnete erst jetzt die Augen.

»So wie ich das sehe, habe ich jetzt zwei Möglichkeiten, Duke«, sagte Bonnie. »Wenn du die Wahrheit sagst, dann rufe ich deinen Boss im Plaza an und stell ihn zur Rede. Wenn du lügst, dann spar ich mir das. Also?«

Duke sah Ray an, aber der zuckte nur mit den Schultern. Schließlich sah Duke wieder Bonnie an und sagte: »Spar dir das.«

»Du lügst also. Dann hätten wir das schon geklärt. Allerdings bleiben auch in diesem Fall zwei weitere Möglichkeiten: Entweder du bist einfach nicht zur Arbeit erschienen, ohne irgendwem was zu sagen. In diesem Fall würde ich jetzt anrufen und dich krank melden. Oder du hattest überhaupt nie eine Stelle im Century Plaza, du hattest nie auch nur die leiseste Absicht, dich im Century Plaza um eine Stelle zu bewerben. In diesem Fall könnte ich mir auch diesen Anruf sparen.«

Fast eine halbe Minute dachte Duke nach, ehe er »Yeah« sagte.

»Yeah was, Duke?«

»Yeah, spar dir den auch.«

Kurz nach drei an diesem Nachmittag rief sie Esmeralda an. »Es ist alles arrangiert«, sagte Esmeralda. »Wir treffen uns um acht in der Stadt.«

»Abgemacht.«

»Alles okay? Du klingst so angespannt.«

Sie drehte sich zu Duke und Ray um und sah sie auf ihren Liegestühlen im Garten liegen als sei nichts passiert.

»Ich hab alles im Griff«, sagte Bonnie. »Bis später.«

Der Mystiker

Esmeralda lebte in einem sechsstöckigen Wohnblock an der Sechzehnten Straße nahe des Santa Monica Freeway. Der braune Klinkerbau stand allein zwischen zwei verwahrlosten leeren Grundstücken. Vor dem Gebäude spielten Kinder in einem ausgenommenen, fensterlosen Ford Mercury.

Um fünf vor acht an diesem Abend stellte Bonnie ihren Buick neben den Mercury und stieg aus. Sie überprüfte ihren Lippenstift im Rückspiegel, fuhr sich mit den Fingern durchs Haar. Der Verkehr an dieser Straße war ohrenbetäubend, die Abgase trieben ihr die Tränen in die Augen. Sie stieg die wenigen Stufen zur angelehnten Haustür hoch. Sie war frisch gestrichen. Kastanienbraun. Der Linoleumboden dahinter war frisch gebohnert und auf Hochglanz poliert. Sie drückte auf den Klingelknopf für Apartment vier und wartete. Dann sagte eine männliche Stimme durch die Sprechanlage: »Quien?«

»Hier ist Bonnie Winter. Ich möchte bitte zu Esmeralda.«

»Ah ja, sie wartet schon. Kommen Sie bitte hoch.«

Sie ging den Flur entlang bis zum Aufzug. Eine der Apartmenttüren stand offen, und sie sah eine junge

Frau vor einem Spiegel stehen und sich etwas ins Haar stecken. Aus dem Fernseher kamen spanische Stimmen. Das Mädchen lächelte sich im Spiegel an.

Der Aufzug war langsam und alt und stank nach Lysol, aber irgendjemand hatte sich die Mühe gemacht, ihn mit sonnigen Postkarten aus Mexiko freundlicher zu gestalten.

Als die Aufzugtüren sich im vierten Stock öffneten, wartete Esmeralda schon davor. Sie trug ein karmesinrotes Satinkleid, das Bonnie noch nie an ihr gesehen hatte, und sogar ein karmesinrotes Band im Haar.

»Juan ist schon da«, sagte sie im Flüsterton.

Sie schob Bonnie in ein kleines Wohnzimmer, das mit zu großen Möbeln aus den Fünfzigern zugestellt war: schokoladenbraunes Sofa mit Stickdeckchen auf der Rückenlehne, zwei schokoladenbraune Sessel, eine runder Tisch mit schokoladenbrauner Samttischdecke.

In der Ecke stand eine mit Porzellan und Nippes voll gestellte Vitrine. Auf dem Kaminsims standen, hingen und lagen so viele Kerzen, Rosenkränze, Ikonen, Marienbildnisse und -Statuen, dass der ganze Kamin wie der Altar in einer katholischen Kirche aussah.

Auf dem Sofa saß Esmeraldas Vater. Bonnie war ihm schon ein paarmal begegnet. Er war ein zurückhaltender Herr mit dichtem grauem Haar, Schnurrbart und stets makellosem weißem Hemd. In einem der Sessel saß ein dünner, fast schon abgemagerter Mann um die vierzig mit Aknenarben im Gesicht, scharf rasierten Koteletten, glatt zurückgegeltem Haar und tief liegenden Augen. Er war auf eine etwas wilde Art nicht unattraktiv. Unter einem schwarzen Anzug mit breitem

Revers trug der Mann ein schwarzes Hemd mit silbernem Bolo-Tie.

»Bonnie, darf ich dir Juan Maderas vorstellen.«

Juan stand auf und ergriff mit beiden Händen Bonnies Rechte. Jetzt sah sie, dass er sicher an die zwei Meter maß, und sie roch sein blumiges Eau de Cologne, ein Duft, der Bonnie verunsicherte, weil sie sich plötzlich stark an die Blumen auf der Beerdigung ihres Vaters erinnert fühlte.

»Esmeralda hat mir von Ihnen erzählt«, sagte Juan mit tiefer rauer Stimme. »Sie scheinen ein ganz besonderer Mensch zu sein, bei der Tätigkeit, die Sie ausüben.«

»Ich gebe mein Bestes«, sagte Bonnie. »Vielen Dank, dass Sie sich die Zeit für mich nehmen.«

»Nein, nein, das mache ich doch gern. Außerdem hat mir Esmeralda von den Faltern erzählt und so mein Interesse geweckt.«

»Es ist nur so, dass ich diese Falter noch nie gesehen habe, und in meinem Beruf wird man so eine Art Experte für Insekten aller Art.«

»Setzen Sie sich doch«, sagte Esmeraldas Vater. »Bring etwas Wein, Esmeralda.«

»Danke, aber ich muss noch fahren«, sagte Bonnie.

»Dann vielleicht eine Cola?«

»Außerdem muss ich auf meine Figur achten. Wasser reicht mir, danke.«

Sie setzte sich neben Esmeraldas Vater auf das Sofa. Auch Juan Maderas setzte sich wieder und legte die langen, dünnen Finger aneinander. An seinem rechten Mittelfinger prangte ein silberner Ring mit Totenkopf.

»Esmeralda hat mir erzählt, Sie hätten einen Falter ins Universitätslabor gebracht?«, fragte Juan.

»Zu Professor Howard Jacobson, ja. Er ist der Beste auf seinem Gebiet. Er hat einige Bücher über Insekten und ihre Bedeutung für die Gerichtsmedizin geschrieben. Oft kann man bei einer Leiche erst anhand von Insektenbefall unter Berücksichtigung von Temperatur und Feuchtigkeit den genauen Zeitpunkt des Todes feststellen.«

»Und dieser Professor Jacobson war sicher, dass es sich bei dem Falter um einen Apollo handelt?«

»Ja. Und er hat mir von der Legende erzählt. Diese Dämonengöttin, deren Name ich nicht richtig aussprechen kann.«

»Itzpapalotl«, sagte Juan Maderas. Übersetzt heißt das ›Schmetterling aus Obsidian‹. Man nennt sie so, weil die Ränder ihrer Flügel mit Messern aus Obsidian gespickt sind.«

»Das hat Howard erzählt. Und auch, dass ihre Zunge ein Messer ist.«

»Stimmt. Itzpapalotl fiel vom Himmel zusammen mit den Tzitzimime, die viele Gestalten annehmen konnten. Manchmal waren sie Skorpione, manchmal Kröten und sogar Stabheuschrecken. All diese Tiere sind für uns der Tod. Ein Tzitzimime nahm die Gestalt eines Affenschädels an. Er tauchte mitten in der Nacht an Straßenkreuzungen auf, und wenn ein Unglücklicher ihn sah, verfolgte der schreiende Schädel den Armen bis nach Hause.«

Juan Maderas nahm einen Schluck Wein, bevor er weitersprach. »Manchmal trug Itzpapalotl einen unsichtbaren Mantel, sodass Menschen sie nicht sehen konnten. Dann wieder war sie fein gekleidet wie eine Lady am Hofe eines Königs, eine Lady mit Fingern wie Jaguarkrallen und Zehen wie Adlerklauen.

»An bestimmten Tagen des aztekischen Kalenders flog sie als Schmetterling durch die Städte und Dörfer und führte einen Schwarm von toten Hexen an, die ebenfalls die Gestalt von Schmetterlingen angenommen hatten. Sie drangen in Häuser ein, flüsterten den Menschen böse Worte ins Ohr und brachten sie dazu, ihre Frauen und Kinder zu töten. Itzpapalotl vergrößerte so ihre Gefolgschaft, denn die treuesten Hexen waren die, die ihre Familien am meisten geliebt hatten und sie trotzdem töteten.

»Genau«, rief Bonnie und nickte. »Sie brachten die Menschen um, die sie am meisten liebten. Genau das ist in all den Fällen passiert, bei denen ich die Schmetterlinge gefunden habe.«

Juan Maderas starrte Bonnie an. Seine tief liegenden Augen glänzten wie schwarze Käfer: »Wir leben im einundzwanzigsten Jahrhundert. Glauben Sie wirklich, dass diese Leute von einem alten aztekischen Dämon getötet wurden?«

»Keine Ahnung. Klingt schon verrückt, oder? Wirklich völlig irre. Andererseits fehlte all diesen Leuten ein Motiv ... jedenfalls für die Morde an den Kindern. Gut, die einen Eltern stritten sich ums Sorgerecht, die anderen hatten Drogenprobleme, aber da gab es eine Familie ... da konnten alle bezeugen, dass der Vater geradezu vernarrt war in seine Kinder, trotzdem hat er sie ohne irgendeinen erkennbaren Grund erschossen.«

»Manchmal tun Menschen diese schrecklichen Dinge. Gerade Sie sollten das wissen. Das bedeutet aber nicht, dass sie von Itzpapalotl zu ihren Taten ermutigt werden.«

»Und doch war alles, was diese Fälle gemeinsam hatten, dieser seltene Falter und eine Verbindung zu Mexiko. Ich käme sonst nie auf die Idee, dass das was zu bedeuten hat, aber Howard Jacobson hat gesagt, dieser Apollofalter kommt in Kalifornien nicht vor. Ausgeschlossen.«

Juan Maderas schwieg. Dann nahm er einen Schluck Wein, zog ein schwarzes Samttaschentuch aus seiner Tasche und tupfte sich den Mund ab. »Ich weiß nicht, was ich Ihnen sagen soll. Noch immer glauben viele an Itzpapalotl und Micantecutli, den Herrn der Hölle, und an die Tzitzimime. Ich habe alte Männer Blut aus ihren Nasen und Ohren abzapfen und auf ihre Krückstöcke reiben sehen, weil sie glaubten, so die bösen Geister darin bannen zu können. Aber ich habe meine Zweifel.«

»Wie haben die Menschen Itzpapalotl zu bannen versucht?«

»Menschenopfer. Man schnitt ihr Herz heraus und sang dabei ein schmeichelhaftes Lied für die Göttin, die Mutter, die Beschützerin.«

»Hat es funktioniert?«

»Offensichtlich, jedenfalls sagen das die überlieferten Darstellungen der Azteken. Sie haben alles in Bildern festgehalten, jede Art der Opferung.«

Bonnie dachte nach. Dann sagte sie: »Ich bin ein praktisch denkender Mensch, Mister Maderas. Ich habe schon viele Leichen gesehen, und ich glaube nicht an Gespenster. Aber es geschieht gerade etwas sehr Seltsames, und dafür muss es einen Grund geben.«

»Vielleicht haben Sie Recht. Mexikaner haben es nicht leicht in Los Angeles. Es gibt viele Vorurteile und Ungerechtigkeiten. Vielleicht ist Itzpapalotl aus der Hölle aufgestiegen, um sie zu rächen.

In diesem Moment räusperte sich Esmeraldas Vater. »Als ich noch ein Kind war, gab es einen Ladenbesitzer, der eines Tages meine Mutter beleidigte. Später wurde seine Leiche im Griffith Park gefunden. Man hatte seine Zunge herausgeschnitten, so wie Xipe Totec, der die Nacht trinkt, seine Opfer tötet. Er schneidet ihnen die Zunge heraus, damit sie ihr eigenes Blut trinken, während sie verbluten.«

»Hat man den Täter je gefasst?«, fragte Bonnie.

»Wie sollte man. Es war Xipe Totec.«

Obwohl Bonnie zutiefst beunruhigt war, blieb sie noch eine Weile. Glaubte Juan Maderas an Itzpapalotl, oder machte er sich nur über sie lustig? Seine Stimme blieb stets nüchtern und gleichförmig, so als würden sie die Preise für Kartoffeln diskutieren, und doch hatte er auch etwas Verschlagenes. Hin und wieder warf Esmeraldas Vater rätselhafte Weisheiten ein wie »In der Hölle findest du keinen Schlaf« oder »Wenn der Tag der Rache kommt, musst du wach sein.«

Verwirrt und niedergeschlagen verließ Bonnie die Wohnung. Sie überlegte kurz, Ralph anzurufen, befürchtete aber, das könnte ihn noch wütender machen, als er ohnehin schon war. Nach der Nacht mit ihm in Pasadena war sie in Hochstimmung gewesen, vergessen die Demütigung auf Kyle Lennox' Party. Sie hatte wirklich gedacht, ihr Leben könnte eine andere Wendung nehmen. Zwar hatte sie noch nicht gewagt, an eine Trennung von Duke zu denken, aber eigentlich hatte kaum mehr als ein Schritt zu dieser Entscheidung gefehlt.

Auf der Rückfahrt lief »Evergreen« im Radio und sie sang aus vollem Halse mit, während Tränen ihre Wange herunterliefen und auf ihre neue Jeans tropften. Sie konnte den Gedanken nicht ertragen, dass Ralph sie nie mehr lieben würde.

Die Ampellichter verschwammen vor ihren Augen, Rot und Gelb und Grün tanzten wie Laternen bei einem mexikanischen Volksfest.

UNGEWÖHNLICHE STILLE

Nachdem Bonnie am nächsten Morgen die Augen geöffnet hatte, fiel ihr als Erstes auf, wie still es im Haus war. Sie lag auf dem Rücken und starrte an die Decke. Der feine Riss, den sie dort sah, sah aus wie eine Hexe mit krummer Nase und spitzem Kinn. Sonnenstrahlen zuckten über die Decke, und die Hexe schien Bonnie zuzuzwinkern. Nach einer Weile setzte sie sich auf und schaute auf den Wecker. Es war zwanzig nach acht.

Sie erschrak. Duke würde zu spät zur Arbeit kommen, Ray zu spät zur Schule und sie musste ...

Nein, wurde ihr plötzlich klar. Niemand kam zu spät. Duke hatte keine Arbeit, Ray ging nicht zur Schule, und sie hatte ihren Job verloren – wenn Ralph es sich nicht doch noch anders überlegt hatte.

Sie klopfte auf das Deckenknäuel neben sich. »Duke, es ist schon fast halb neun. Soll ich dir einen Kaffee machen?«

Sie wunderte sich nicht darüber, dass er keine Antwort gab. Duke hätte einen Flugzeugabsturz im Vorgarten verschlafen. »Also willst du Kaffee? Frühstück mache ich nämlich nicht, du sagst dann nur wieder, dass ich dich vergiften will.«

Immer noch keine Antwort. Sie wurde ungeduldig.

»Denk ja nicht, dass du heute den ganzen Tag im Bett liegen kannst, du wirst dir nämlich einen neuen Job suchen, Duke.«

Sie zog die Decke weg. Seine Seite war leer. Was Bonnie flüchtig für seinen Körper unter der Decke gehalten hatte, waren nur ein paar Kissen, die sie nachts von sich geschoben haben musste.

Verwirrt stand sie auf und schlurfte über den blauen Teppich in Richtung Bad. »Duke?« Aber Duke war nicht im Bad. Dafür war der Toilettensitz heruntergeklappt. Das erste Mal in der Geschichte ihrer Ehe überhaupt.

Sie ging ins Wohnzimmer, um zu sehen, ob Duke betrunken vor dem Fernseher eingeschlafen war. Aber da lag niemand. Die Sofakissen waren ordentlich ausgeklopft, der Fernseher war aus.

»Duke?«, sagte sie, aber diesmal so leise, dass er sie auch nicht gehört hätte, wenn er im Haus gewesen wäre.

Er war nicht in der Küche. Nicht in der Vorratskammer. Nicht im Garten. Und Gott sei Dank trieb er auch nicht im Pool.

Sie sah ihr Gesicht im Garderobenspiegel, als sie zu Rays Zimmer ging, um zu sehen, ob er aus irgendwelchen Gründen dort geschlafen hatte. Dabei wusste sie, dass er Rays Zimmer nie betrat. Er nannte es die »Pesthöhle«. Fast glaubte sie, seine Stimme zu hören: »Weißt du, warum die Kids heutzutage ständig furzen? Liegt am Essen, all dem verdammten Grünzeug. Möchte mal wissen, was an dem Fraß gesund sein soll, wenn andere wegen der Furzerei fast ersticken.«

Sie klopfte. »Ray? Ist dein Vater bei dir?«

Weil sie keine Antwort bekam, klopfte sie noch einmal und öffnete dann vorsichtig die Tür. Duke lag nicht auf dem Teppich. Und Ray nicht in seinem Bett. Es war unberührt, die Tagesdecke lag sogar noch darauf.

Erst in diesem Moment begann Bonnie, sich Sorgen zu machen. Sie versuchte sich daran zu erinnern, wie sie am Abend zuvor ins Bett gegangen war. Nach der Dusche hatte sie ihr Nachthemd angezogen und war ins Schlafzimmer gegangen. Sie wusste noch, dass sie wach gelegen und sich gefragt hatte, wann Duke wohl ins Bett käme. Normalerweise weckte er sie dabei auf, weil er immer über seine Füße oder etwas anderes stolperte und Radau machte. Aber er gab ihr auch immer einen Gutenachtkuss. Und an den konnte sie sich nicht erinnern.

Sie lief zur Haustür: von innen verschlossen, die Kette vorgelegt. Sie prüfte die Fenster: alle geschlossen. Das bedeutete, dass Duke und Ray das Haus verlassen haben mussten, bevor Bonnie nach Hause gekommen war. Sie hatte hinter ihnen abgeschlossen. Aber sie konnte sich nicht erinnern, das getan zu haben, und sie konnte sich einfach nicht vorstellen, wo die beiden hingegangen sein konnten. Ein Hotel war ausgeschlossen, weil Duke kein Geld hatte. Und Freunde, bei denen sie übernachtet haben konnten, hatte Duke auch nicht. Vielleicht waren sie über Nacht bei einem von Rays Freunden geblieben.

Aber warum sollten sie? Hatten sie sich gestritten? Duke hatte sie wegen seinem Job belogen und sie hatte heftig reagiert. Und Ray hatte irgendetwas von Mexikanern erzählt, die Amerikanern Jobs wegnehmen und Drogen verkaufen. Aber das war am Nachmittag gewesen. Und danach?

Richtig. Sie hatte sich umgezogen, war zu Esmeralda gefahren und hatte Juan Maderas getroffen. Und danach war sie direkt zurückgefahren. Waren Ray und Duke da noch zu Hause gewesen? Weit konnten sie jedenfalls nicht gewesen sein, denn Dukes Wagen, den sie gestern benutzt hatte, stand vor der Tür neben ihrem Pick-up.

Sie kam sich vor wie jemand, der auf einer Party zu viel getrunken und am Morgen danach einen Blackout hatte.

Zurück in der Küche trank sie ein Glas Orangensaft. Danach setzte sie die Packung direkt an den Mund und trank sie leer. Ihr fiel auf, dass die Wohnung wie aus dem Ei gepellt war. Hatte sie gestaubsaugt? Aufgeräumt? Nichts war zerbrochen oder beschädigt, das sprach gegen einen heftigen Streit.

Sie ging zurück in Rays Zimmer und nahm sein Bart-Simpson-Adressbuch zur Hand. Die meisten Seiten waren mit kleinen Zeichnungen beschmiert und voll gekritzelt, trotzdem fand sie die Nummer seines besten Freundes Kendal.

»Mrs Rakusen? Hier ist Bonnie Winter. Bitte entschuldigen Sie die Störung, ich wollte fragen, ob Sie Ray gesehen haben? – Nicht? Er hat nicht bei Kendal übernachtet, oder so? – Ah ja. – Könnten Sie denn zur Sicherheit einfach Kendal noch mal fragen? – Ach so. – Na ja, wenn Sie ihn doch sehen sollten, soll er mich bitte anrufen, wenn Sie ihm das sagen würden? – Das wäre nett. Er ist nämlich letzte Nacht nicht nach Hause gekommen und ich mache mir etwas Sorgen. Vor allem nach dem, was passiert ist. – Genau. Vielen Dank.«

Sie wählte noch zwei weitere Nummern aus dem

Buch, sogar Rays Exfreundin Cherry-Jo rief sie an. Niemand hatte etwas von Ray gehört oder gesehen.

Danach saß sie auf dem Sofa im Wohnzimmer, biss sich auf die Unterlippe und fragte sich, was sie nun tun sollte.

Schließlich rief sie Ruth an.

»Ruth ... etwas ist passiert – etwas sehr Seltsames.«

»Sag mir nicht, dass du dich endlich von Duke ... du weißt schon ...«

»Ich mach keine Witze, Ruth. Duke und Ray sind weg.«

»He, gratuliere! Wie hast du denn das geschafft?«

»Sie sind weg, Ruth, verschwunden, ich weiß nicht wann und ich weiß nicht wohin.«

»Du meinst es wirklich ernst, was? Verschwunden, sagst du? Was soll das heißen?«

Bonnie erzählte ihr alles, von ihrem Streit mit Duke, den unbenutzten Betten, dem Klodeckel und der von innen verschlossenen Haustür. »Sie sind weg, also müssen sie gegangen sein, aber ich weiß nichts mehr. In meiner Erinnerung klafft ein Loch. Es ist, als ob es sie nie gegeben hätte.«

»Unsinn«, sagte Ruth, »die ziehen bestimmt nur eine dumme Show ab. Duke war beleidigt, weil er sich von einer Frau nichts sagen lassen will, vor allem nicht, dass er den Arsch hochkriegen soll. Wenn die Hunger kriegen, stehen sie plötzlich wieder vor der Tür. Wart's ab.«

Für einen Moment war Bonnie versucht, Ruth von dem Besuch bei Esmeralda zu erzählen, von Juan Maderas und Itzpapalotl. Aber weil sie nicht wollte, dass Ruth sie für völlig hysterisch hielt, ließ sie es bleiben.

Anruf bei Ralph

»Ralph, es tut mir so Leid, dass ich das mit Phil Cafagna versaut habe.«

»Schon gut. Vergiss es einfach.«

»Ich will es aber nicht vergessen. Und diese Nacht mit dir war etwas ganz Besonderes.«

»Ich weiß. Für mich auch. Aber Glamorex bricht gerade zusammen, und ich kann mich um nichts anderes kümmern.«

»Duke hat mich verlassen, Ralph.«

»Was?«

»Er hat mich verlassen. Ich weiß nicht, wo er hin ist, aber er ist weg und hat Ray mitgenommen.«

»Das tut mir Leid, Bonnie, aber das ändert nichts. Und wenn Vanessa tot umfällt, ändert das auch nichts. Manchmal laufen die Dinge so, wie man sich das wünscht, manchmal eben nicht. Das ist Schicksal, wenn du so willst.«

»Ralph, bitte, ich ... ich flehe dich an. Du hast mir so viel gegeben, du hast mich wieder daran erinnert, wie es ist, eine Frau zu sein. Was ich bei dir gefühlt habe, habe ich nie zuvor gefühlt. Nie. Und sag mir nicht, dir hätte es nicht auch gefallen.«

Zwanzig Herzschläge lang schwieg Ralph. Dann sagte er: »Ich liebe dich, Bonnie. Ich will dir nicht wehtun, aber wir müssen beide akzeptieren, dass wir die Chance verpasst haben.«

»Nein, Ralph, hör mir bitte zu ...«

Aber dann hielt sie inne, weil sie plötzlich wusste, dass es keinen Zweck hatte. Dass ihr das Glück nicht vergönnt war. Sie stand in der Telefonzelle gegenüber dem Glamorex-Gebäude, sah Ralphs Silhouette hinter seinem Bürofenster und ließ langsam den Hörer auf die Gabel sinken. Sie sah, wie auch er auflegte, die Arme um seinen Körper schlang und den Kopf auf die Brust drückte, als leide er unter großen Schmerzen.

FALTER

Sie rief alle Freunde von Ray an, die in dem Adressbuch standen. Keiner hatte ihn gesehen. Sie rief sogar Dukes Mutter an, die in einem Altenheim in Anaheim wohnte. Mrs Winter hustete, murmelte unverständliches Zeug und fragte ständig »Bonnie wer?«.

Sie rief auch ihre eigene Mutter an, die beinahe hörbar mit den Achseln zuckte. »Pah, so sind die Männer. Verdrücken sich einfach. Ich habe nie verstanden, warum du ihn geheiratet hast.«

Sie suchte im ganzen Haus nach Hinweisen, die das Verschwinden von Duke und Ray erklären könnten. Hinter dem Wasserkocher lag ein altes, feuchtes Hustler-Magazin. Unter Rays Schlafanzügen entdeckte sie ein Springmesser, und Alufolie mit Marihuana-Krümeln. Nichts von dem erklärte das Geschehen.

Ruth rief an. »Und? Haben die Landstreicher sich schon gemeldet?«

»Nein. Ich weiß immer noch nicht, was passiert ist.«

»Sie haben nichts gesagt?«

»Ich weiß es nicht mehr.«

»Das war erst gestern, und du weißt es nicht mehr?«

»Nein. Wir haben uns gestritten. Vielleicht war das der Anlass.«

»Du brauchst Tapentenwechsel. Komm doch rüber, wir lackieren uns die Nägel, quatschen und trinken ein bisschen.«

»Ich habe Angst, Ruth.«

Und da nahm sie plötzlich eine Bewegung an der Topfpflanze auf dem Fensterbrett wahr. Eine langsame, fließende Bewegung wie von einer Raupe.

»Moment Ruth, bleib mal eben dran.«

Langsam legte sie den Hörer auf den Tisch und ging zum Fenster. Mit der Spitze eines Kugelschreibers hob sie vorsichtig Blatt für Blatt an und schaute darunter. Unter dem dritten Blatt fand sie die dunkel gefleckte Raupe, Parnassius mnemonsyne, der Apollofalter, Itzpapalotl.

Bonnie starrte es regungslos an. Sie hörte die gepresste Stimme von Ruth aus dem Hörer: »Bonnie? Bonnie, was ist los? Bist du noch dran?«

Sie zog den Kugelschreiber vom Blatt weg und ging zum Hörer zurück. »Ruth, ich habe ein ungutes Gefühl.«

»Hör auf, Bonnie. Du kennst doch Duke. Der kommt wieder.«

»Ich muss mit Dan Munoz sprechen, ich glaube, etwas Schreckliches ist passiert.«

Dan kam anderthalb Stunden später. Er trug einen hellen Blazer und dazu ein schwarzes Seidenhemd.

»Hey, Bonnie, wie geht's?«

Sie führte ihn ins Wohnzimmer. »Möchtest du einen Kaffee oder etwas anderes?«

»Nein, danke. Ich sollte eigentlich seit einer Viertelstunde drüben in La Brea sein. Ein Jugendlicher hat seinen besten Freund mit dem spitzen Ende eines Strandsonnenschirms niedergestochen.«

»Ich hätte dich gar nicht belästigt, aber ich hatte solche Angst.«

»Kein Problem. Dafür hat man doch Freunde.«

Sie reichte ihm ein leeres Marmeladenglas. »Das hab ich in meiner Pflanze gefunden.«

Dan hielt das Glas gegen das Licht und betrachtete die Raupe. »Hübsch hässlich, der Kleine, was?«

»Es ist dieselbe Schmetterlingsart, von der ich dir erzählt habe … ein Apollofalter.«

»Okay. Und?«

»Und Ray und Duke sind spurlos verschwunden und ich glaube, etwas Schreckliches muss geschehen sein.«

Dan schaute sich im Raum um. »Aha, etwas Schreckliches, sagst du. Was denn?«

»Also nehmen wir an, dass dieses Ding eine Art mexikanische Todesgöttin ist, dass sie tagsüber wie ein harmloser Falter aussieht und nachts zum Monster mit Messern an den Flügeln wird.«

Dan hatte den Mund offen und rieb sich nachdenklich das Kinn. »Naaa gut, nehmen wir das mal an …«

»Sie könnte Duke und Ray getötet … und die Leichen weggebracht haben.«

»Okay, aber ich seh hier kein Blut. Sie hat doch Messer an den Flügeln, stimmt's? Und auch noch eine Messerzunge. Also da wäre doch alles voller Blut, aber hier sieht's aus wie in einer Ausgabe von *Schöner Wohnen*.«

»Dann hat sie sie vielleicht nur verschleppt.«

»Keine Spuren eines Kampfes. Und du hättest nichts davon mitgekriegt? Na hör mal, Bonnie.«

»Ich weiß es doch auch nicht. Es ist, als fehlt ein Stück meiner Erinnerung. Es ist wie ausgelöscht.«

»Du warst einfach übermüdet. Ich vergesse auch Dinge, wenn ich nicht genug Schlaf bekomme. Am besten, du gehst den gestrigen Tag noch mal chronologisch Schritt für Schritt im Kopf durch.«

»Das hab ich doch schon versucht.«

»Also, noch mal. Wo warst du überall? Am Morgen hast du in George Keighleys Haus geputzt ... Wann warst du da fertig?«

»Um zwölf, vielleicht kurz nach zwölf.«

»Und dann? Hast du die Matratzen zur Riverside-Deponie gebracht?«

»Genau. Dann bin ich nach Hause gefahren und da waren Ray *und* Duke. Ich dachte nämlich, Duke hätte seinen ersten Arbeitstag im Century Plaza Hotel, aber das war eine Lüge, und darum haben wir uns gestritten.«

»Und ist er da schon weggegangen?«

»Nein ... Ich habe Esmeralda so ungefähr um drei angerufen. Ich weiß noch, dass ich während des Telefonats aus dem Fenster gesehen habe, und da waren beide noch im Garten. Dann hab ich geduscht, was anderes angezogen und kurz nach sieben bin ich dann zu Esmeralda gefahren, um bei ihr diesen Juan Maderas zu treffen, der alles über mexikanische Mythologie und Volksglaube und so was weiß. Esmeraldas Vater war auch da.«

»Danach bist du gleich nach Hause gefahren?«

»Ja.«

»Um wie viel Uhr warst du zu Hause?«

»Keine Ahnung. Es war noch nicht sehr spät. Gegen halb zehn, würde ich sagen.«

»Und Ray und Duke waren da?«

Bonnie zog die Stirn kraus. Sie erinnerte sich daran, den Buick geparkt zu haben und ausgestiegen zu sein. Sie sah sich die Haustür öffnen, hörte sich »Gute Nacht, Duke, träum was Schönes«, sagen. Wenn sie zu ihm gesprochen hatte, musste er da gewesen sein.

»Duke war da«, sagte sie und nickte erst langsam, dann entschlossen. »Er war bestimmt da. Bestimmt hatte er ein paar Bier zu viel und ist früh ins Bett gegangen.«

»Und Ray?«

Sie hatte an seine Tür geklopft und »Gute Nacht, hör nicht mehr so lang Musik« gerufen. Also musste auch Ray da gewesen sein.

»Ja ... Ray war auch da.«

Dan verzog das Gesicht. »Du weißt, was das bedeutet? Irgendwann in der Nacht sind Ray und Duke aufgestanden, haben sich angezogen und sind aus dem Haus, nicht ohne zuvor auf wundersame Weise die Tür von innen wieder zu verschließen.«

»Genau darum glaube ich ja, dass etwas Schreckliches passiert sein muss!«

»Also sind wir jetzt im Bereich des Übernatürlichen? *Akte X*, oder was? Das glaubst du doch selber nicht, oder?«

»Dann frag doch Howard Jacobson. Oder diesen Juan Maderas. Oder Esmeraldas Vater. Die scheinen alle zu glauben, dass dieses Insektenmonster wirklich existiert.«

Dan schlug sein Notizbuch auf. »Pass auf. Wenn ich in La Brea fertig bin, werde ich dir ein paar Jungs von der Spurensicherung schicken, damit die sich mal schnell hier umsehen, wenn du nichts dagegen hast.«

»Natürlich nicht. Wenn wir so herausfinden, was passiert ist.«

»Ich kann nichts versprechen, aber man weiß ja nie. In der Zwischenzeit telefonierst du weiter herum. Klapper Dukes Stammkneipen ab, sprich mit seinen Freunden.«

»Er hat keine Freunde.«

Leben ohne Duke

Die nächsten vier Tage verliefen wie in einem Stummfilm.

Am Morgen erwachte sie in einem stummen Haus. Zum Frühstück aß sie einen Joghurt und starrte auf den laufenden, tonlosen Fernseher. Danach stellte sie sich an das Wohnzimmerfenster und sah hinaus, hoffte, jeden Moment Duke und Ray zu sehen, die lachend und winkend über die Straße auf sie zukamen. Aber sie kamen nicht.

Wenn am Nachmittag die Sonne um das Haus gewandert war, setzte sie sich mit ein paar Zeitschriften in den Garten, aber mit einem Ohr lauschte sie immer nach dem Telefon. Wenn es klingelte, sprang sie auf und spürte unweigerlich einen brennend salzigen Geschmack im Mund.

Am fünften Tag rief Lieutenant Munoz an, gerade als Bonnie ihren Joghurt gegessen hatte. »Also wir haben da einen Auftrag im Benedict Canyon für dich. Wir könnten uns da so gegen zehn treffen, wenn du interessiert bist.«

»Ich weiß nicht, Dan.«

»Das ist eine knifflige Angelegenheit, Bonnie, die möchte ich niemand anderem anvertrauen. Technisch gesehen macht Ken Kessler wahrscheinlich auch gute Arbeit und er würde es machen, aber für diese Sache muss man schon das richtige Händchen haben. Wenn du herkommst, siehst du schon, was ich meine.«

»Na gut ... Zu Hause herumsitzen tut mir sowieso nicht gut.«

»Na also. Bis später.«

Noch nie in ihrem Leben hatte Bonnie so viel Blut gesehen. Konnte ein einzelner Mensch eine solche Menge Blut verlieren und kriechend im ganzen Haus verteilen?

Dieses Haus stand am Ende einer scharfen Kurve auf der Ostseite des Canyons. Ein modernes einstöckiges, weiß gestrichenes Gebäude mit Bougainvillea-Sträuchern vor der Veranda. Auch innen war das Haus vollkommen weiß. Die Wände, die Teppiche, die Vorhänge, die Möbel, sogar die von der Klimaanlage stark heruntergekühlte Luft schien weiß. Man hatte den Eindruck, in einem Iglo zu sein.

Umso größer war der Effekt des Blutes. Es gab Blutpfützen, Blutspuren, Blutspritzer, die wie die Kreationen eines Aktionskünstlers aussahen. Das Blut klebte an den Wänden, auf den Möbeln und an der Kühlschranktür. Die ganzen sechs Liter Blut, die ein Mensch hatte.

Zuerst führte Dan Bonnie in das Wohnzimmer. »Folgendes ist passiert«, sagte er. »Mrs Chloris Neighbor ging wie jeden Donnerstag Nachmittag in ihre Tanzstunde. Ihr Mann Anthony Neighbor war freier Architekt und hatte sein Büro zu Hause, also hatte er donnerstags immer sturmfreie Bude. Letzten Donnerstag nutzte er den freien Nachmittag, indem er sich nackt ein Pornovideo ansah. Während er sich so amüsierte, muss Anthony Neighbor irgendwann beschlossen haben, den erotischen Genuss noch dadurch zu steigern, dass er sich eine Leuchtstoffröhre in den Hintern schob. Offenbar hatte er so viel Freude daran, dass er schließlich so weit ging, die Leuchtstoffröhre auch noch anzuschalten. Sie explodierte und verursachte schwere innere Verletzungen. Wir können nur vermuten, dass es ihm zu peinlich war, einen Notarzt anzurufen. Jedenfalls krabbelte er so lange von Zimmer zu Zimmer, bis er einfach verblutet war. Und entsprechend sah es aus, als Mrs Neighbor nach Hause kam.«

Bonnie rieb mit der Schuhspitze über den Teppich. »Das wird aber teuer.«

»Mrs Neighbor ist draußen. Rede mit ihr.«

»Okay.«

Sie traten aus dem Haus. Mrs Neighbor stand unter einem Baum im Garten. Ihr Gesicht wurde von den Sonnenstrahlen beleuchtet, die durch die Blätter brachen. Sie war klein, sehr dünn, hatte einen aschblonden Pagenschnitt und einen gehetzten Blick. Sie trug einen chinesischen Cheongsam aus schwarzer Seide und sah darin weniger wie eine Frau als vielmehr wie ein ängstliches kleines Tier aus.

»Mrs Neighbor? Mein Name ist Bonnie Winter, und ich möchte Ihnen mein Beileid aussprechen.«

»Vielen Dank. Ich kann immer noch nicht begreifen, warum ich meinen Mann auf diese Art verlieren musste.«

»Ja, das ist schwer.«

»Ich komme mir so ... so unzulänglich vor. Das ist

glaube ich das richtige Wort. Verstehen Sie? Sonst hätte er doch nie ...«

»Sie dürfen nicht sich die Schuld geben, Mrs Neighbor. Wer weiß schon, was in Männern vorgeht.« Sie warf Dan einen schnellen Blick zu.

»Ich kann das Blut nicht selbst beseitigen. Es bedeutet mir zu viel. Er bedeutete mir zu viel. Ich habe ihn angebetet. Ich habe jedes Haar auf seinem Kopf angebetet. Ich hätte mir niemals vorstellen können, dass ich eines Tages sein Blut wegwischen müsste. Es ist, als würde man ein Leben wegwischen, das gemeinsame Leben wegwischen.«

»Sind Sie für solche Fälle versichert?«

Mrs Neighbor starrte sie an. »Wie bitte?«

»Für Schäden durch Gewalt dieser Art gibt es Versicherungen, Mrs Neighbor. Ihr Mann hat eine extrem teure Sauerei hinterlassen.«

»Sie sprechen von seinem Blut, seinem Lebenselixier, Sie sprechen von meinem Mann!«

»Das ist mir klar, Mrs Neighbor, und ich verspreche, dass ich Ihren Mann nur mit dem größten Respekt wegwische.« Und mit viel Lysol, dachte sie.

Dan war noch vor Bonnie am Wagen und öffnete für sie dir Tür.

»Heute Morgen habe ich den Laborbericht bekommen.«

»Ja und?«

»Dein Haus wurde gründlich untersucht. Und weißt du was? Die Gerichtsmediziner sagen, sie hatten noch nie das Pech, ein so sauberes Haus untersuchen zu müssen. Lupenrein.«

»Überhaupt kein Hinweis auf das Schicksal von Duke und Ray?«

»Absolut nichts. Sogar die Griffe der Küchenmesser haben sie überprüft.«

»Warum denn das?«

»Weil keine Waffe bei Familientragödien so häufig benutzt wird wie ein Küchenmesser. Meist wäscht der Täter nach der Tat die Messer, aber er ahnt nicht, dass mikroskopisch kleine Blutreste in der Naht zwischen Klinge und Griff hängen bleiben können, besonders dann, wenn man sehr heftig zugestochen hat. Diese Blutreste bleiben, und wenn man noch so gut abwäscht. Mit Käse- und Fleischresten ist das nicht anders. Gegen mikroskopisch kleine Teile hilft keine Spülmaschine.«

»Was willst du mir damit sagen?«

»Ich will dir damit sagen, dass wir in deiner Küche ein altes Messer gefunden haben, das so sauber war, als wäre es noch nie benutzt worden. Es wies nicht einmal die geringsten Spuren von Lebensmittelresten auf. So sauber wird ein benutztes Messer nur, wenn man es in eine spezielle Lauge legt, die ein Enzym enthält, das Milch, Eiweiß, Joghurt, Eiskrem, Käse und Blut lösen kann.«

»Ich versteh nicht.«

»Wir stellen hier keine Vermutungen an und sprechen schon gar keine Verdächtigungen aus, Bonnie. Wir sagen nur, dass eines deiner Küchenmesser ungewöhnlich sauber war. Ich gebe zu, als Beweis ist das nichts, aber es ist ein sehr interessantes Nichts.«

»Und mehr haben sie nicht gefunden?«

»Sie würden sich gern noch einmal etwas genauer

umsehen, wenn du nichts dagegen hast. Aber ich gebe dir einen freundschaftlichen Rat: Bevor du die Gerichtsmediziner wieder in dein Haus lässt, würde ich mir an deiner Stelle einen Anwalt nehmen.«

»Was soll denn diese Sache mit dem Messer, Dan? Soll das heißen, ich hätte Ray und Duke mit einem Küchenmesser umgebracht, oder was?«

»Bonnie, Süße, niemand behauptet irgendetwas.«

»Aber du willst mich doch warnen. Du glaubst, dass sie tot sind und dass ich verdächtigt werde, stimmt's? Bitte, Dan, sag's mir.«

»Es gibt zu diesem Zeitpunkt keinerlei Hinweise darauf, dass Duke und Ray tot sein könnten. Dass sie verschwunden sind, ohne irgendwelche Kleidung oder persönliche Gegenstände mitzunehmen, ist sehr merkwürdig, aber sehr merkwürdige Dinge passieren nun einmal. Und Menschen verschwinden jeden Tag. Manche sogar ohne Schuhe.«

Bonnie setzte sich hinter das Steuer und drehte den Zündschlüssel. »Ich sage dir, Dan, in meinem Haus muss etwas sehr Seltsames geschehen sein. Ich weiß, dass du diese Faltergeschichten für Unsinn hältst, aber da machst du einen großen Fehler. Diese Falter sind ... sind der Schlüssel zu allem.«

Dan schlug die Wagentür zu. »Also: machst du den Job?« Er nickte mit dem Kinn in Richtung des Neighbor-Hauses.

»Ach so! Klar. Ich habe ja jede Menge Enzymlauge, um das Blut zu beseitigen.«

»Bonnie ...«

»Was noch? Willst du dich etwa mit mir zum Essen verabreden?«

»Nein«, sagte Dan und schüttelte den Kopf. »Ich wollte nur ... ach, ist nicht so wichtig.« Er klopfte auf das Autodach, trat einen Schritt zurück und sah dem in einer bläulichen Ölrauchwolke davonfahrenden Wagen nach.

Gorditas für den Mystiker

Das mexikanische Restaurant auf dem Pico Boulevard hieß Nopales. Dort hatte sie sich mit ihm verabredet. Er saß an einem Tisch in der äußersten hintersten Ecke des Raumes, sodass sie ihn zunächst gar nicht sah. Das Restaurant war voll besetzt und laut, auf einer winzigen Bühne spielte sogar eine fünfköpfige mexikanische Band mit Trompeten und Bongos.

Sie hielt einen Kellner fest und fragte ihn nach Juan Maderas.

»Tisch einundzwanzig, ganz nach hinten durch.«

Als sie sich dem Tisch näherte, erhob sich Maderas und zog einen Stuhl für sie zurück. Wie bei ihrem ersten Treffen war er ganz in Schwarz gekleidet, nur den Bolo-Tie hatte er mit einem schwarzen Strickschal vertauscht.

»Hatten Sie Probleme, es zu finden?«

»Nein, ich bin mit dem Taxi gekommen.«

Er setzte sich wieder und deutete auf eine Rotweinflasche, die schon geöffnet in der Mitte des Tisches stand.

»Nein, danke«, sagte sie. »Und bitte lassen Sie sich durch mich nicht vom Essen abhalten. Ich habe keine Ahnung, was das ist, aber es sieht köstlich aus.«

»Gorditas«, sagte er. »Das bedeutet so viel wie ›die kleinen Fetten‹. Frittierte Tortillaschälchen gefüllt mit Bohnenmus und Gehacktem.«

»Bei meinem Mann durfte ich nicht mexikanisch kochen.«

»Aber Ihr Mann ist verschwunden.«

Sie nickte. »Mein Mann und auch mein Sohn. Es ist mir ein Rätsel. Fast wie in einem dieser alten englischen Filme, in denen ein Verbrechen in einem von innen verschlossenen Raum geschieht.«

»Ich glaube nicht, dass es um einen verschlossenen Raum geht, eher um verschlossene Erinnerung.«

»Wahrscheinlich haben Sie Recht. Ich habe große Schwierigkeiten, mich an diesen Nachmittag zu erinnern. Ich kann mich einfach nicht entsinnen, ob ich da war, als Duke und Ray das Haus verlassen haben. Aber sie waren da, als ich nach dem Besuch bei Ihnen nach Hause kam. Und am Morgen sind sie weg und alle Türen und Fenster verschlossen.«

»Was ist also Ihrer Meinung nach passiert?«

»Ich weiß es nicht. Darum wollte ich ja mit Ihnen reden.«

»Warum mit mir? Ich bin weder Polizist noch Hellseher. Ich bin Schriftsteller und Historiker, mehr nicht.«

Bonnie entnahm ihrer Handtasche das Marmeladenglas. »Das hier habe ich in meinem Wohnzimmer gefunden.«

»Ein Apollofalter. Verstehe. Sie denken, dass Itzpapalotl etwas mit dem Verschwinden Ihrer Familie zu tun hat.«

Bonnie nickte. »Wäre das nicht möglich?«

»Auf welche Weise?«

»Na ja, ich weiß ja nicht, wann genau sie verschwunden sind, aber wenn es nachts passierte, hätte Itzpapalotl sich verwandeln können, wäre aus einem Falter zu einem Insektenmonster geworden mit Messern an den Flügeln und so, genau, wie Sie gesagt haben. Dann hätte sie Ray und Duke töten und auch in Falter verwandeln können wie diese Hexen in der Legende, und so sind sie dann verschwunden. Und als ich dann die Haustür am Morgen aufgemacht habe, sind sie einfach weggeflogen.«

»Und Sie glauben wirklich, dass es sich so zugetragen haben könnte?«

»Wie hätten sie sonst aus dem Haus kommen sollen, ohne dass ich etwas bemerkt habe?«

»Um sie in Falter verwandeln zu können, hätte Itzpapalotl sie erst töten müssen. Nur die Seelen von Verdammten können der Legende nach zu Faltern werden. Aber was ist mit dem Blut der beiden geschehen? Bei den aztekischen Opferungen wurde das noch schlagende Herz herausgeschnitten und den Umstehenden gezeigt. Ihr Haus hätte wie ein Schlachthaus ausgesehen.«

»Ja«, sagte Bonnie.

»Aber ich gehe recht in der Annahme, dass da kein Blut war?«

»Ja.«

Bonnie schwieg für einige Momente. Juan Maderas aß und beobachtete sie dabei. Die Band begann mit einem langsamen klagenden Lied, einer Art musikalischem Unterlippenzittern.

Dann sagte Bonnie: »Mir ist da noch etwas eingefallen.«

»Bitte.«

»Angenommen Itzpapalotl ist schon am Nachmittag, also tagsüber in das Haus eingedrungen, und zwar in Form eines Falters.«

»Ja?«

»Und angenommen, sie hätte mir etwas eingeflüstert ... hätte mir eingeflüstert ... ich solle meine Liebsten töten. Und ich hätte es nicht gemerkt, hätte also nicht gemerkt, dass sie mir das eingeflüstert hat ... Mir wäre dann nicht bewusst gewesen, dass ich das vorhatte. Mir fehlt einfach ein Teil dieses Nachmittags. Es ist wie ein verlorenes Puzzlestück.«

»Sie halten es also für möglich, dass Itzpapalotl Sie dazu bringen konnte, Ray und Duke eigenhändig zu ermorden?«

»Keine Ahnung. Vollkommen irre, oder? Aber was kann denn nur mit ihnen geschehen sein?«

»Und diese Frage ist genau das Problem in Ihrer Theorie. Nehmen wir an, Sie hätten Recht und Itzpapalotl hätte Ihnen eingeflüstert, die beiden zu töten. Wie haben Sie es dann getan? Haben Sie sie erwürgt? Wohl kaum, man kann nur einen auf einmal erwürgen. Und womit hätten Sie es getan? Ihren bloßen Händen? Oder haben Sie sie erstochen? Aber dafür gilt dasselbe wie für das Erwürgen. Es geht nur nacheinander und es waren zwei. Erschießen wäre wohl eine Möglichkeit gewesen.«

»Wir haben keine Schusswaffe im Haus. Na ja, Duke hatte mal eine, musste sie aber verkaufen.«

»Womit diese Version ausscheidet. Aber die entscheidende Frage bleibt: Wo sind sie hin? Selbst wenn Sie sie ermordet hätten – wo sind ihre Leichen? Wie wird man als Frau in einem netten Vorort zwei Leichen los, ohne dass jemand etwas merkt? Die Leichen sind doch noch nicht gefunden, oder?«

Bonnie strich sich die Haare aus dem Gesicht. »Ich hatte wirklich gehofft, Sie hätten eine Erklärung für das, was geschehen ist.«

»Sie wollten tatsächlich die Schuld für das alles einer mexikanischen Dämonin in die Schuhe schieben?«

»Ich dachte, Sie glauben an Itzpapalotl.«

»Natürlich glaube ich an sie. Ich glaube aber auch, dass alte Dämonen in der modernen Welt nur etwas anrichten können, wenn man sie anruft.«

»Sie glauben, ich hätte sie gerufen?«

»Vielleicht. Möglicherweise können Sie sich nur nicht mehr daran erinnern. Vielleicht wissen Sie es, bestreiten es aber trotzdem.«

Die Band setzte zu einer romantischen Version von »La Pesadilla« an. »Sie glauben nicht, dass ich es war, oder? Ich habe sie nicht ermordet, ich kann sie nicht ermordet haben – und selbst wenn ich es war, wusste ich es nicht. Es war Itzpapalotl.«

»Das können nur Sie allein wissen.«

Der Tag des Apollofalters

Sie stand im Wohnzimmer und ihr Haar glänzte in der Nachmittagssonne. Sie betrachtete den Druck eines Elvisporträts, den Duke ihr zum Dreißigsten geschenkt hatte. Elvis in *Love Me Tender* mit Cowboyhut und Wildlederfransenhose.

An den Geburtstag hatte sie lebhafte Erinnerungen. Damals hatte Duke noch Arbeit. Am Abend hatte er sie in ein Westernlokal ausgeführt. Es gab Steaks und Spareribs und Tanz. Auf der Rückfahrt hatten sie so gelacht, dass Duke nicht mehr weiterfahren konnte und an den Randstein fahren musste. Dann hatte er seinen Arm um sie gelegt, sie geküsst und gesagt: »Wir zwei gehören für immer zusammen, weißt du das? Bis der beschissene Tod uns scheidet.«

Vorsichtig nahm sie den Druck von der Wand. Sie lehnte den Rahmen an das Sofa und löste die Schrauben auf der Rückseite. Mit dem Bilderdraht ging sie in die Küche, nahm ihre Gartenhandschuhe aus der Schublade und zog sie an.

Ray lag noch immer auf der Liege hinterm Haus und hörte mit geschlossenen Augen Musik. Sie war so laut wie zuvor. Duke machte gerade noch ein Bier auf und las die Sportseite der Zeitung.

Sie schob die Tür zur Terrasse auf. Rays Musik übertönte jedes Geräusch. Weder er noch Duke blickten auf. Sie trat nach draußen und blieb bewegungslos hinter Dukes Liegestuhl stehen. Beinahe eine Minute verstrich. Sie hielt den Draht in den Händen. Vielleicht hatte Duke sie auch bemerkt und schmollte nur, weil sie hinter seine Lüge von der Arbeit im Century Plaza gekommen war.

Bonnie dachte: Wenn du dich jetzt umdrehst und mich anlächelst, lasse ich dich vielleicht am Leben.

Aber er blätterte nur um und nahm noch einen Schluck.

Sie war kräftig. Das Scheuern, Matratzenschleppen und Staubsaugen hatte sie stark gemacht. Sie legte den Bilderdraht in einer Schlinge um seinen Hals und zog diese zu, ehe Duke noch danach greifen konnte. Er drehte und wand sich und schlug mit den Beinen aus, aber Bonnie zog die Schlinge immer fester und fester zu, bis der Draht in seinem Fleisch versunken war und ihm das Blut über die Schultern lief. So hielt sie den Draht, bis nur noch ein leises Schaudern durch Dukes Körper lief und sein Kopf zur Seite sank.

Ray hatte seine Augen die ganze Zeit geschlossen.

Sie nahm die Schlinge von Dukes Hals und ging zu Rays Liegestuhl hinüber. Er sang leise vor sich hin und schnippte mit den Fingern. Sie beugte sich vor und küsste ihn sanft auf die Stirn.

Öffne deine Augen, dachte sie, sieh mich an und erkenne, wer ich wirklich bin, dann werde ich dein Leben verschonen. Aber er grinste nur, sang weiter vor sich hin und schnippte mit den Fingern.

Danach ging sie ins Wohnzimmer und rief Esmeralda an.

»Es ist alles arrangiert«, sagte Esmeralda. »Wir treffen uns um acht in der Stadt.«

»Abgemacht.«

»Alles okay? Du klingst so angespannt.«

Sie drehte sich zu Duke und Ray um und sah sie auf ihren Liegestühlen im Garten liegen, als sei nichts passiert.

»Ich hab alles im Griff«, sagte Bonnie. »Bis später.«

Das Puzzle

Bonnie schreckte aus dem Schlaf hoch und streckte sofort die Hand nach Duke aus. Aber er lag nicht neben ihr. Es war erst Viertel nach fünf und der Himmel war blassblau wie getrocknete Kornblumen.

Sie stand auf, ging ins Badezimmer und betrachtete sich im Spiegel. Ihre Haare standen wild ab und ihre Augen waren verquollen. Sie erkannte sich kaum und musste an eine dieser Frauen denken, die im Echo Park unter der Brücke schliefen.

Sie hatte die Tat nur geträumt, sagte sie sich, nichts davon war wirklich geschehen. Konnte wirklich geschehen sein. Ein Albtraum, nichts weiter. Nie hätte sie ihren Mann und ihren Sohn erdrosseln können. Was hatte Juan Maderas gesagt? Selbst wenn sie es getan hatte: Wo waren ihre Leichen?

Schlafen konnte sie nicht mehr, deshalb ging sie in die Küche und trank ein großes Glas eiskalten Orangensaft. Ihr Gaumen schmerzte von der Kälte. Dann stand sie am Fenster und starrte in die Dämmerung. Sie sah die leeren Liegestühle im Garten. Sie erinnerte sich daran, Duke und Ray darauf liegen gesehen zu haben, als sie mit Esmeralda sprach. Waren sie da noch am Leben oder schon tot?

Sie ging ins Wohnzimmer und nahm das Elvisbild von der Wand. Der Bilderdraht schien unberührt. Wenn sie ihn als Mordwaffe benutzt haben sollte, würde niemand es je erfahren. Nicht einmal sie selbst.

Sie stellte den Fernseher an und sah alte Folgen von *I Love Lucy,* bis die Sonne aufging.

Kurz nach acht rief Ralph an.

»Bonnie? Joyce Bach hat mir von der Sache mit Duke erzählt. Du hast mir gesagt, er hätte dich verlassen. Mir war nicht klar dass er, dass er ... als vermisst gilt.«

»Er und Ray. Ich weiß einfach nicht, wo sie sein könnten. Letzte Nacht habe ich geträumt, ich hätte sie umgebracht.«

»Entschuldige, aber du klingst wirklich nicht gut.«

»Ich fühle mich auch nicht gut.«

»Also, ich wollte nur sagen, dass ich mich dir gegenüber nicht fair verhalten habe. Ich habe dir die Schuld für meine Probleme gegeben. Phil Cafanga ist einfach ein notgeiler Schweinehund, und abgesehen davon war es nicht besonders clever von mir, so viel auf eine Karte zu setzen.«

»Soll das heißen, du hast deine Meinung geändert?«

»Ich habe dich im Stich gelassen und ausgenutzt, Bonnie. Aber das war falsch, denn als ich dir gesagt habe, dass ich dich liebe, habe ich das ernst gemeint. Ich schwör's.«

»Vielleicht war es trotzdem besser so.«

»Wir sollten uns treffen, Bonnie, über alles reden.«

»Ich bin wirklich nicht so richtig auf der Höhe, Ralph.«

»Du bist immer auf der Höhe. Bitte Bonnie, ich brauche die Chance, dir alles zu erklären.«

Bonnie betrachtete den Kokon im Marmeladenglas. Bald würde der Falter schlüpfen.

»Na gut. Komm doch einfach vorbei.«

»Du meinst zu dir?«

»Warum nicht. Wir sind unter uns und ich habe guten Kaffee.«

»Genau. Ja, genau. Dann komme ich um – sagen wir Viertel nach zwölf?«

»Ich bin da.«

Bonnie legte den Hörer auf. Sie nahm das Glas. Der Kokon war aufgebrochen: »Was bist du? Was willst du? Meine Seele? Warum müssen wir die Menschen opfern, die wir am meisten lieben? Was hast du davon?«

Und doch kannte sie die Antwort. Abraham musste seinen Sohn töten, um Gott die Stärke seines Glaubens zu beweisen. Vielleicht war es das, was auch Itzpapalotl verlangte.

Ralph schüttet sein Herz aus

Bonnie ging ins Schlafzimmer und ließ die Rollläden herunter, sodass es fast vollkommen dunkel in dem Raum war. Sie schlug die Decken zurück und glättete mit der Hand die Laken. Dann nahm sie das Marmeladenglas, schraubte den Deckel ab und stellte es zwischen die Kopfkissen.

»Ich weiß, dass du kein Licht magst«, sagte sie laut.

Sie schloss die Schlafzimmertür hinter sich und ging zurück in die Küche, um Kaffee zu kochen und einen Teller mit Shortbread und Kokosmakronen zu arrangieren. Duke hatte Kokosmakronen gehasst.

Sie frischte ihr Make-up auf und warf Elvis eine Kusshand zu. In diesem Moment hielt Ralphs glänzender blauer Wagen vor dem Haus.

Dukes nackte Füße schlingerten über den Teppich, als Bonnie ihn in die Küche zerrte. Danach holte sie Ray. Seite an Seite lagen Vater und Sohn auf dem Küchenboden. Bonnie schloss die Terrassentür. Rays angeschwollenes Gesicht sah friedvoll aus, aber Dukes Ausdruck war noch im Tod wütend und beleidigt.

Im Wohnzimmer breitete sie die grüne Plastikfolie auf dem Teppich aus. Als sie auf Knien darüberkroch, um die Ecken unter den Sofabeinen zu fixieren, knisterte die Folie.

Sie hätte Ray und Duke auch in der Küche opfern können, immerhin gab es dort pflegeleichte, weiße Bodenfliesen. Aber sie wusste, dass die Fliesen selbst zwar leicht zu reinigen waren, nicht aber die Fugen dazwischen. Sogar die geringste Menge Blut würde im Verdachtsfall für einen DNA-Test ausreichen.

Nun schleifte sie die Leichen ins Wohnzimmer und schälte sie aus ihrer Kleidung. Sie konnte gut leblose Körper ausziehen, schließlich hatte sie das fast jede Nacht mit Duke machen müssen. Nachdem sie nackt vor ihr auf dem Boden lagen, ging sie zurück in die Küche und wählte ein Ausbeinmesser mit schwarzem Griff und fünfundzwanzig Zentimeter langer Klinge.

»Bonnie!«, rief Ralph. »Geht es dir gut? Ich hab dir schon dreimal Hallo gesagt, aber du antwortest gar nicht.«

Sie stand an der offenen Haustür und blinzelte nur. Sie konnte sich nicht daran erinnern, wie sie dorthin gekommen war. »Hallo Ralph.«

»Irgendwie ist das eine komische Situation.«

»Komisch? Was ist daran komisch?«

»Weil ich mich vorher so komisch benommen habe. Ich habe überreagiert.«

»Immerhin sind wir beide verheiratet. Das macht es nicht einfacher.«

»Gibt es Neuigkeiten von Duke und Ray?«

»Nein. Nichts. Komm rein. Willst du was trinken? Ich hab Bier, Seven-up. Milch.«

Dem Anschein nach etwas peinlich berührt betrat

Ralph das Wohnzimmer. Neugierig sah er sich um und entdeckte das Elvisbild. »Hübsch«, sagte er.

»Ja, das ist gut, oder? Ein Freund von Duke hat es gemalt.«

Er setzte sich auf die Sofakante und schwitzte unter seinem hellgrauen Jackett und rosa Hemd.

»Gib mir doch deine Jacke«, sagte sie.

»Nein danke, es geht schon.«

»Das sieht aber wirklich nicht sehr bequem aus. Jetzt gib mir schon deine Jacke.«

»Das ist nicht nötig, ehrlich, Bonnie. Ich bleibe eh nicht lange, ich wollte nur ein paar Dinge zwischen uns klären.«

Was gibt's denn da zu klären? Ich weiß, dass du weißt, dass ich Phil Cafagna nicht angemacht habe.«

»Das weißt du?«

»Phil Cafangna hat nichts mit dem Ende unserer Beziehung zu tun. Klar, er hat die Bestellung storniert, aber das war nur eine Kurzschlussreaktion. Er braucht Glamorex so, wie Glamorex ihn braucht. Wo sonst bekommt er Lipgloss für den Einkaufspreis von einem Dollar zwölf Cent bei einem Verkaufspreis von fünfzehn neunundneunzig? Der kommt schon wieder – wenn er es sogar nicht schon getan hat.«

Ralph sagte nichts. Stattdessen zog er ein Taschentuch heraus und tupfte sich über die Stirn.

»Du hast ganz einfach die Nerven verloren, Ralph. Ich verstehe das. Seine Ehe sausen zu lassen und etwas ganz Neues anzufangen ist ein großer Schritt, besonders, wenn man auf die vierzig zugeht und bei der Scheidung wahrscheinlich das Haus, das schöne neue Auto und die Hälfte des Geschäfts verliert. Wirklich,

ich verstehe das. Ich dachte erst, mein Leben würde sich völlig verändern, aber letztlich habe auch ich Verantwortung, Ralph. Na ja, hatte ich Verantwortung ... wenn Ray und Duke nicht zurückkommen.«

»Wo, glaubst du, könnten sie sein, Bonnie?«

»Wirklich, Ralph, ich habe keine Ahnung.«

»Aber es ist doch irgendwie merkwürdig, dass du nicht mehr weißt, wann sie das Haus verlassen haben.«

»Woher weißt du das?«

»Was?«

»Woher weißt du, dass ich mich nicht daran erinnern kann, wann sie das Haus verlassen haben?«

»Von dir. Das hast du mir gesagt.«

»Das glaube ich nicht.«

»Ist doch ganz egal. Wichtig ist nur: Was ist ihnen zugestoßen?«

»Wenn ich es doch nicht weiß. Was soll ich denn noch sagen? Ich dachte, wir würden über *uns* sprechen.«

»Ich liebe dich, Bonnie«, sagte Ralph. »Das weißt du doch. Aber ich habe einfach zu viel zu verlieren und ich kann nicht mehr ganz von vorn anfangen, Bonnie. Dafür bin ich einfach ein zu großer Feigling.«

»Aha. Ein Feigling. Das hätte ich eigentlich nicht von dir gedacht.«

»Ich kann mein Leben nicht wie du völlig umkrempeln. So stark bin ich nicht.«

»Was willst du denn damit sagen? Ich habe mein Leben nicht völlig umgekrempelt.«

»Du weißt schon ... Das mit Duke ... das hast du ja jetzt geklärt ... sozusagen.«

»Das mit Duke habe ich geklärt? Ich habe nichts geklärt. Das mit Duke hat sich geklärt, weil das mit Duke Zigaretten holen gegangen ist, oder was weiß ich.«

»Aber genau das hast du gar nicht mitgekriegt. Dass er gegangen ist?«

Bonnie drehte sich ihm zu und blickte ihm gerade ins Gesicht. »Worüber reden wir hier, Ralph?«

»Ich bin nur stolz auf dich, wie du das alles im Griff hast.«

»Noch mal: Ich habe gar nichts im Griff. Ich bin abends ins Bett gegangen und morgens waren sie weg.«

»Bonnie ...«

Sie legte einen orange lackierten Finger auf seine Lippen. »Sag jetzt bitte nichts mehr, Ralph. Sag jetzt gar nichts mehr außer ›Ich liebe dich‹, hörst du? Es stimmt. Mein Leben hat sich verändert. Ich bin plötzlich Single. Ich bin allein. Ich habe niemanden. Ich habe lange darüber nachgedacht, was ich sagen soll, wenn du anrufst. Ich wusste, dass du es tun würdest. Aber könnte ich wirklich deine Ehe zerstören? Das wolltest du doch sagen, oder? Sag's ruhig, Ralph. Es macht mir nämlich gar nichts aus, dass du verheiratet bist, Hauptsache, wir sehen uns hin und wieder. Du bleibst schön mit deinem Kühlschrank verheiratet und behältst dein Haus und dein Auto und deine Firma. Ich bleibe gern alleine hier. Aber wir müssen uns sehen und Sex haben, wann immer du Zeit hast, und solange ich das Gefühl habe, dass du das auch willst, ist alles in bester Ordnung, Ralph.«

Ralph starrte sie an. »Das ist nicht dein Ernst.«

»Hast du das Gefühl, ich mache Witze?«

»Ich weiß nicht, was ich sagen soll, Bonnie.«

Sie küsste ihn auf die Lippen. »Dann sag einfach gar

nichts. Komm einfach mit ins Bett und zeig mir, dass wir uns verstehen.«

Ralph schwitzte so sehr, dass er sich mit dem Ärmel seines Jacketts über die nasse Stirn wischen musste. »Bonnie ... dein Mann ist verschwunden, vielleicht ist er sogar tot.«

»Na und? Was kümmert's dich? Was kümmert's mich? Er war ein fauler, gewalttätiger, bigotter Alkoholiker, und mein Sohn war auf dem besten Wege, so zu werden wie er.«

»Kein Grund, ihn umzubringen.«

Bonnie setze sich abrupt auf. »Was ist los mit dir?«

»Ich hab nur gesagt, das ist kein Grund, ihn umzubringen.«

»Bonnie stand auf und reichte Ralph die Hand. »Komm mit ins Schlafzimmer. Wir denken einfach gar nicht an Duke, wir denken nur noch an uns.«

»Ich ... ähh ... ich habe wirklich keine Zeit mehr.«

»Du hast keine Zeit?! Natürlich hast du Zeit.«

Mit beiden Händen ergriff sie seinen Arm und zog ihn vom Sofa und hinter sich her durchs Wohnzimmer bis zum Schlafzimmer.«

»Bonnie ...«

»Ich will dir etwas zeigen, Ralph, etwas wirklich Unglaubliches. Bist du bereit, Ralph?«

»Also Bonnie, hör mal. Ich hab da dieses wirklich wichtige Geschäftsessen und ich bin eigentlich nur auf einen Sprung ...«

Bonnie verstärkte ihren Griff um seine Hand, stellte sich auf die Zehenspitzen, küsste ihn und sagte: »Komm rein, das musst du einfach sehen.«

Sie drehte den Knauf und schob die Tür auf.

Im Schlafzimmer war es fast vollkommen dunkel. Bonnie lächelte. Ralph versuchte, seine Hand aus ihrem Griff zu befreien.

»Was ist das für ein Geräusch?«, fragte er.

Bonnie lauschte. Jetzt konnte auch sie es hören. Ein leises, aber deutliches Wispern, als würden Blätter aneinander reiben, und dann ein hohes, feines Klirren und Kratzen, als würde jemand ein Messer wetzen.

»Komm und sieh«, sagte Bonnie eindringlich.

»Besser nicht. Was ist das? Da ist doch irgendwas drin, Bonnie? Was ist das?«

»Komm und sieh selbst.«

Für einen Moment wurde das Klirren und Wetzen lauter, dann war ein heftiges Flattern zu hören, als würde ein großes Insekt blind gegen das Innere eines Lampenschirms schlagen. Es war der Moment, in dem Ralph von Panik ergriffen wurde.

»Holt mich hier raus!«, schrie er. »Um Himmels willen, Leute, holt mich hier raus!«

Mit einen Ruck zog Bonnie die Schlafzimmertür zu. »Mit wem redest du, Ralph?«, sagte sie. »Welche Leute?«

Ralph versuchte immer noch verzweifelt, sich von ihr zu befreien, aber Bonnie hielt ihn fest und riss schließlich mit einer Hand das Jackett von seinen Schultern. Und da sah sie es: das Kabel und das Mikrofon.

»Du bist verkabelt«, sagte sie mit tiefer Verachtung in der Stimme. »Du hast gesagt, dass du mich liebst und bist verkabelt.«

Sekunden später wurde die Haustür eingetreten und Dan Munoz stürmte herein, gefolgt von Detective Mesic und vier uniformierten Polizisten. Endlich gelang es Ralph, sich loszureißen. Er zog sich auf die gegenüberliegende Seite des Raumes zurück und sah verletzt und sehr unglücklich aus.

Als Dan ins Zimmer trat, sah er sich kurz um und kam mit einem bedauernden Lächeln auf Bonnie zu.

»Würdest du das bitte erklären«, sagte Bonnie. Sie bebte vor Zorn. »Dieser Mann dort ist schließlich so etwas wie mein Liebhaber.«

»Ich weiß«, sagte Dan sanft, »darum war er auch am besten für diese Aufgabe geeignet.«

»Welche Aufgabe? Mich eines Verbrechens zu überführen, das nicht einmal stattgefunden hat?«

»Oh, es hat aber stattgefunden, Bonnie. Darum sind wir ja hier. Zugegeben, ich hatte gehofft, dein Geständnis auf Band zu bekommen, aber für einige Indizien hat's immerhin gereicht.«

»Ach ja? Na, was denn? Dass ein Messer sauberer ist als die Polizei erlaubt? Oder willst du mich verhaften, weil mein Klo geputzt ist?«

»Wir haben die Leichen gefunden.«

Bonnie wurde auf einen Schlag eiskalt. »Ihr habt sie gefunden? Duke und Ray? Beide?«

Dan nahm ihren Ellbogen. »Du kannst sie dir ansehen, wenn du einen starken Magen hast. Mesic! Das Schlafzimmer.«

»Wo sind sie? Wie sind sie gestorben?«

»Wir bringen dich zu ihnen, dann kannst du selbst sehen.«

Detective Mesic öffnete die Schlafzimmertür. »Hier ist es ziemlich dunkel«, sagte er. »Moment mal, ich mach schnell die Jalousien hoch.«

Er zog an der Schnur und sofort drangen helle Sonnenstrahlen durch die Scheibe. Mesic machte den Schrank auf und wieder zu, zog geräuschvoll die Wäscheschubladen auf und zu. »Hier ist nichts, Sir.«

Ralph sah Bonnie stumm und entgeistert an.

Dan schob sie zur Haustür.

Duke und Ray tauchen auf

Auf der Südostseite der Riverside-Deponie inmitten eines stinkenden Müllgebirgszuges trafen sie auf vier Streifenwagen, zwei Fahrzeuge der Gerichtsmedizin und einen Krankenwagen. Sie standen fein säuberlich in einer Reihe nebeneinander wie zur Besichtigung auf einem Schulfest. Dan hielt neben dem ersten Streifenwagen.

»Hier?«, fragte Bonnie.

»Wir haben sie hier gefunden, weil wir hier nach ihnen gesucht haben. Wir wussten sogar, wo genau auf der Deponie sie höchstwahrscheinlich liegen würden.«

Er öffnete ihr die Tür und gemeinsam schritten sie über zerquetschte Cornflakes-Packungen, aufgerissene Windeln und fauliges Gemüse. Ein brennender Gestank stieg von der nahen Müllverbrennungsanlage auf und verdichtete den ohnehin kaum zu ertragenden mittäglichen Smog. Detective Mesic hustete.

Keiner sprach. Es gab nichts zu sagen. Dan führte Bonnie durch die Reihe von Polizisten, Fotografen und Gerichtsmedizinern, die um eine bestimmte Stelle herumstanden. Und da lagen sie einträchtig nebeneinander: Duke und Ray. So wie man einst im Wilden Westen erlegte Revolverhelden in offenen Särgen für Schaulustige ausstellte.

Nur dass Duke und Ray nicht in Särgen lagen. Sie lagen in aufgeschlitzten, blutgetränkten Matratzen. In den Matratzen, auf denen David Hinsey und Maria Carranza gestorben waren. Duke und Ray waren nackt und aufgedunsen und von Maden übersät. Beiden war die Brust geöffnet worden. Duke war entmannt worden. Zwischen seinen Beinen hing eine Traube fetter, grünlich glänzender Schmeißfliegen.

Bonnie stand da und starrte lange Zeit auf ihre Familie hinab. Dan hatte die Arme gefaltet und wartete geduldig.

»Du hast mir damals erzählt, du hättest erst die Matratzen auf die Deponie gebracht und wärst dann nach Hause gefahren«, sagte er schließlich. »Aber weil du dir über den gesamten Tagesablauf so unsicher warst, hab ich das noch mal überprüft. Demnach hast du die Matratzen erst um vier Uhr siebenundvierzig hier abgeliefert, kurz bevor die Deponie zumachte. Um drei Uhr zwei hast du Esmeralda angerufen. Zu diesem Zeitpunkt waren Ray und Duke wahrscheinlich schon tot. Du musstest nur noch die Matratzen aufschlitzen, ihre Körper hineinlegen, die Matratzen wieder notdürftig zunähen und sie hier wegwerfen. Wir hatten Glück, dass noch kein Bulldozer sie für immer begraben hatte.«

Bonnie betrachtete Dukes deformiertes, geschwollenes Gesicht, dann sah sie auf Ray, aber die beiden sahen nicht einmal mehr aus wie ihr Mann und ihr Sohn. »Es war Itzpapalotl«, sagte sie leise. »Ich habe sie um Hilfe gebeten, wollte von ihr einen Ausweg wissen. Sie kam und hat mich frei gemacht – frei wie ein Schmetterling.«

Auf dem Anrufbeantworter

»Bonnie? Hier ist Howard Jacobson. Du hast mir vor einiger Zeit diese Raupe gebracht, erinnerst du dich? Parnassius mnemonsyne, der Apollofalter. Ich dachte, es würde dich vielleicht interessieren, dass ich herausgefunden habe, woher die Falter kommen. Offenbar waren die Larven in einer größeren Lieferung grünem Kohl aus Mexiko. Durch El Niño und das ungewöhnlich warme Wetter konnten sie sich sprunghaft vermehren. Jedenfalls werden die Falter sogar aus Santa Barbara und Bakersfield gemeldet. Tja, leider ist das alles wenig dämonisch – und ob der grüne Kohl mit den Toten zu tun hat? Man kann halt nicht alles haben, was? Lass dich mal wieder blicken.«

Nacht

In dieser Nacht wurde Bonnie in ihrer Zelle von einem Rascheln geweckt. Stöhnend drehte sie sich auf die andere Seite. Da hörte sie es wieder. Sie öffnete die Augen und setzte sich auf.

Die Gestalt in der finstersten Ecke der Zelle hatte ein ausdrucksloses schneeweißes Gesicht und Flügel mit metallisch glänzenden Spitzen. Ein leises Wispern ging von ihr aus. Als sie sich näherte, kratzte etwas über den Betonboden, so als hätte sie Klauen.

»Itzpapalotl«, flüsterte Bonnie.

Die Gestalt beugte sich über sie und breitete die Flügel aus. Bonnie sah die Augen und die schwarze, messerscharfe Zunge.

»Nimm mich mit dir«, flehte Bonnie, »bitte, nimm mich mit.«

FREI

Natürlich hatten sie sie durchsucht, aber sie hatten nicht daran gedacht, dass sie eine Expertin war auf dem Gebiet der unendlichen Möglichkeiten, sich selbst umzubringen. Sie fanden Bonnie Winter, als sie um sechs Uhr drei die Zellentür öffneten. Sie lag auf dem Rücken und starrte geradeso an die Decke, wie sie am Morgen, als Duke und Ray verschwunden waren, an die Decke gestarrt hatte. Auf dem Zellenboden war eine Blutlache. Sie wurde stetig größer. Bonnie Winter war tot.

Sie hatte einen Knopf der Matratze abgerissen und mit dem Finger das Loch so weit vergrößert, dass sie eine Feder herausziehen konnte. Mit dem scharfen Ende der Feder hatte sie sich die Pulsadern an beiden Handgelenken geöffnet.

Um elf Uhr siebzehn kam Dan Munoz in die Zelle. Lange blieb er an der Tür stehen und fragte sich, was sie so weit getrieben haben mochte.

Die beiden Falter mit den fast durchsichtigen Flügeln, die am Fenstergitter saßen, sah er nicht. Nachdem Dan gegangen war, erhoben sie sich in die Luft, flogen durch die offene Tür, den Gang hinunter an den Wachen vorbei nach draußen ins Licht der Morgensonne, in die Freiheit.

Stephen King

Die monumentale Saga vom
                »Dunklen Turm«

Eine unvergleichliche Mischung
                aus Horror und Fantasy.

Hochspannung pur!

3-453-87556-7

Schwarz
3-453-87556-7

Drei
3-453-87557-5

tot.
3-453-87558-3

Glas
3-453-87559-1